汲取 24 本經典名作精華內容
透過遊戲長出智慧的翅膀

讀經典，玩遊戲

練就文學素養力

許亞歷／文　cincin chang ／圖

推薦序

泅泳在文學的大海裡

許建崑（中華民國兒童文學學會理事長）

一個人一天大約喝兩公升的水；若是放滿浴缸洗個澡，得準備六十五公升水；到社區游泳池游個泳，那就需一千倍的澡缸水；如果駕船入海，乖乖，那可是無可計量的海水。閱讀文學，好像也是這樣，每個禮拜讀兩本書，一年可讀一百零四本，十年也不過千本書。可是從人類發明了文字，留下經典著作，又何止千萬本？

本書作者許亞歷從事兒童文學與藝術創作教學，早已泅泳在文學的大海裡。他想幫助讀者在很短的時間內，整理出曾經有過的閱讀經驗，又可以開發新視野，探觸還沒有讀過的好書，因此寫下《讀經典，玩遊戲》這本書。

全書巧妙的分成四個區域，鼓舞讀者循序漸進，通過考驗，闖關成功。每一區都暗藏著學習目的與策略。「新手區」要讀者打破格局，開放想像，思考「大與小、有用與沒用、美與醜、人與蟲」的對比。有了想像與辨識力，就可以進入「練功區」，開始發問：什麼叫做幸福？我是誰？知音在哪裡？利用個人的視覺、聽覺、味覺、嗅覺、觸覺、意識，觀察並分享小說角色的情感生活。到了「進階區」，亞歷帶領讀者以更高的視角，來欣賞古今中外作者如何刻劃人物，或精細的描寫場景。至於「高手區」，則關注故事情節鋪陳，以及主題思想的表現。

在廿四個單元中，亞歷至少談論了四十多本書，分屬英、法、中、日等十幾個國家的作家作品；為了要引起讀者創作慾，書中還設計活潑有趣的遊戲表單，提供大家參與想像與組構的可能。

畢竟，「讀」、「寫」是一體之兩面。閱讀名作，分享滋味，傳遞訊息之後，我們也可以加入創作行列，繼續為後人留下難忘的作品呢。

作者序

相處的方式

許亞歷

一次，討論故事的時間軸前，詢問孩子們在閱讀中能不能感受時間推進。一個小孩搶答：「有的！我是靠觸覺感受的喔。因為右手捏的頁數會越來越厚、左手越來越薄呀。」真喜歡他與書相處的方式。像是抽象的故事與具體的紙面間，夾藏一座神祕地帶，由觸摸丈量時間，起始和結束具有等量的厚度與重量。

童年的禮拜天清晨，我會打開燈、爬上書架，從經典叢書中挑選幾本，回到床上，在其他人仍熟睡的靜謐家屋中，為鐘樓怪人的遭遇忿忿不平、和紅髮安妮搭起友誼的橋樑。許多經典名著正是在這般天色朦朧的時分，伴隨早起的鳥啼進入我的心底，既像清醒的夢境，又似奇幻的真實。

閱讀是我的面具箱。隨著書目累積，蒐集了各樣面具，也許是《老人與海》中不畏眾人眼光仍出航捕魚的聖提亞哥，或者《變形記》裡受現實壓迫異化成蟲的格里高爾。生命某些片刻，書中的角色、情節會靈光般乍現心頭，引領我對處境有所洞察。戴上書中的面具彷如變身，我能善待周遭人事，更重要的是藉由面具同理自我，學會愛人與自愛。漸漸的，這些面具成為血肉，撐挺並厚實我的內心，使我擁有層理豐富的生活。

在經典閱讀課堂中，我透過遊戲織造線索，開展故事風貌的同時，也連結縱貫時空、永不過時的哲思和生命議題。我們曾攤開與教室等大的路線圖，一邊戮力在八十天內環遊世界，一邊把故事背景與當下時局對照；也曾讓孩子各自分領《動物農莊》的角色牌，經歷權力腐敗與階級脅迫，召喚革命精神。而當立體的課堂化成平面的文字，我期待這些敘述亦善盡牽引的任務，將每本經典的迷人與深刻傳遞給讀者。

小孩曾形容：「書像一架飛機，每次翻頁，我都感覺到飛機在盤旋。」「書是蝴蝶，我閱讀的時候，這隻蝴蝶就飛進我的頭腦裡。」

無論是那盤桓兜繞，捨不得往終局邁進的心情，還是當書成為採蜜者翩然降臨，使我們領悟看似平凡的生命經驗便是甜蜜養分——祝每個小讀者都能找到自己與書相處的方式，享受經典名著，並且，挖掘更多動人的作品，將它們讀成新的經典。

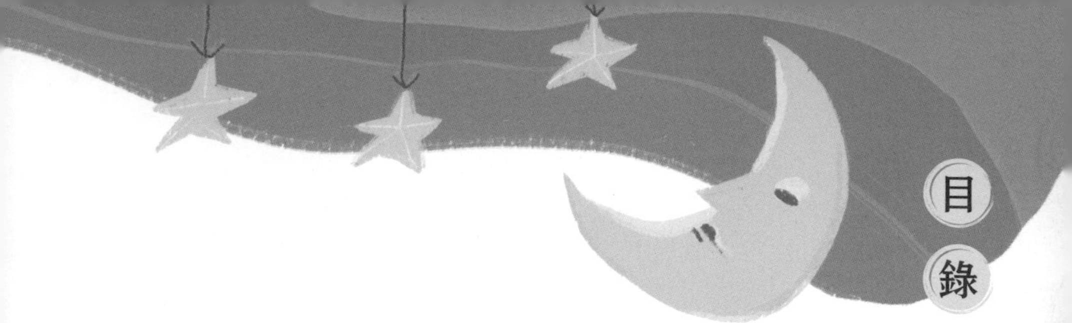

目錄

練功區　日常觀察小計畫

進階區 建構人事物小宇宙

高手區 文字玩家狂想挑戰

新手區

想像力短打練習

難度

經典文學
1

打造「心」地圖——《紅髮安妮》的想像魔法

我們都知道在西洋兒童文學中，有一個很會「做夢」的女孩愛麗絲，在睡夢中摔進兔子洞，展開了仙境夢遊，遇見各種奇特角色，還和紅心女王進行一場槌球大賽。

愛麗絲曾帶領兒童編織形形色色的夢境，期待向真實世界說

晚安後，閉上眼睛就能進入另一個時空，體驗超現實的奇幻。而美國幽默大師馬克·吐溫曾這麼說：「安妮是自愛麗絲以來，最惹人憐愛的女孩。」

紅髮安妮的身世

繼愛麗絲之後，受全世界喜愛的安妮究竟是誰呢？她就是《紅髮安妮》（*Anne of Green Gables*，又譯作《清秀佳人》、《綠屋上的安妮》）的主角。安妮有著紅蘿蔔般的髮色，營養不良的臉頰上撒著幾點小雀斑，身材瘦削卻充滿生命力，她陪伴著世界各地的讀者從童年走入青春期，由懵懂青澀蛻變為成熟明理。

創作出安妮的作家是加拿大的露西．莫德．蒙哥馬利，幼年喪母後，爸爸將她寄養在愛德華王子島卡文迪什村的外祖父母家。露西從小就文采不凡，十五歲時已在當地報紙發表作品，一年之內讀完兩年的大

學課程，並取得教師執照，赴學校教書。直到外祖父過世，她才重返卡文迪什村和外祖母同住，轉向文學創作。

安妮就是在這段日子「誕生」。露西以她生長的愛德華王子島為背景，寫出了與自己遭遇有許多相似之處的故事——住在綠屋的馬修與瑪麗亞兄妹原本要收養一名男童，但孤兒院卻送來了女孩，古靈精怪、個性好強的安妮，就在這兒結交到好友黛安娜，進入學校讀書。

粗心的安妮宛如麻煩製造機，但她的開朗善良總能令災難變成可愛的小插曲。安妮的努力進取，讓她不再是當初那個期待有個家的可憐女孩，而是成為一位優良的教師。

翻轉現實的魔法想像力

《紅髮安妮》一出版，就成為炙手可熱的暢銷書，不僅翻譯成多國語言，更改編成影集、動畫。後來露西以安妮為主角，陸陸續續寫了二十二本故事，她筆下的安妮也從女孩變為婦女，由此可見，安妮受歡迎的程度真是「歷老不衰」呢！

在與馬修、瑪麗亞成為一家人之前，安妮曾過著舉目無親的生活，但她擁有一個永遠不會失效的魔法，能令一切貧乏的、寂寞的、失望的事物，變得豐富、有趣並且充滿希望。在介紹身世，提到寄人籬下的日子時，安妮是這麼說的：「那是個令人感到寂寞的地方，要是沒有想像力的話，很難想像該怎麼住下去。」是的，這個能修補殘缺、翻轉現實的魔法就是「想像力」。

在孤兒院時，只要晚上睡不著，安妮就會為自己的身世編織有趣的故事，「也許因為這樣，有好多人都說我太瘦了，但我總是想像自己長得很漂亮、胖胖的，還有小酒窩呢！」雖然她通常只能一身樸素裝扮，無法像好友黛安娜一樣穿上可愛的洋裝，但憑著想像力，她美化了一切，不再感到遺憾。

女孩的地名幻想曲

在綠屋展開新的人生章節，新鮮的一景一物，更是讓安妮恣意揮灑想像力的魔法。自馬修在火車站接她返家開始，安妮一系列的「風景幻想曲」便啟動了——當車子穿過林蔭道時，安妮替這段路重新命名為「花朵隧道」；遠遠看見巴利家波光粼粼的池塘，便為它起了一個會讓人心跳的名字：「閃亮的湖水」；小河後方的松樹林是住著許多幽靈的「魔鬼森林」，彷彿有鬼怪躲在角落，隨時準備伸手抓她。此外，優美的白樺成了「披著面紗的新娘」，盛開的櫻花樹是「白雪女王」，窗臺上的蘋果葵也有了可愛的新名「波尼」。

安妮曾對無法理解這種命名行徑的養母瑪麗亞說：「每一次我替花取名字，都會覺得好親切。」好朋友黛安娜也曾說過：「沒看過像妳這麼喜歡為景物取名字的人。」原因無他，對安妮來說，這是最簡單、最方便的魔法，「憑空想像，樂趣更多！」

臺灣景點故事

因為想像力，讓安妮與土地更加貼近，那些道路、湖水、樹林，在想像的過程中，變成安妮獨有的密語，是她自己對生活環境的解讀。

在我們的現實生活裡，也有許多地名，來自於先人的想像，以臺灣為例，苗栗銅鑼鄉因為丘陵環繞，中間地勢較為低坦，就像一面銅鑼而得名；以陶瓷聞名的鶯歌，是由於山上突起一塊形狀如鷹哥的岩石，後來才演變為鶯歌；花蓮的鳳林，有一說法是因為早期此處林木茂密，木蘭繞著樹木生長，宛如一隻展翅鳳凰。

不只如此，許多山也是以山形的聯想命名，例如玉山得名於山頭經年積雪，雪光燦美如玉；座落在淡水河西岸、如觀音躺臥的觀音山，以及臺北盆地北邊、如北斗七星般七座小峰的七星山等，都是藉由想像力，使人和景物、地點產生連結與認識，一個地方也因而充滿故事性。

你的個人「心」地圖有哪些故事？

你了解自己的生活環境嗎？會不會因為每天與它共處，習慣成自然，覺得一切平凡單調呢？如果能和安妮一樣，使用一點魔法，加入想像，它們將有煥然一新的趣味。若是將景物套用新名，重新製作一張地圖，那麼這不僅是一張新地圖，更是獨一無二、擁有自己故事的個人化「心」地圖喔！

放慢速度，打開感官，在家的四周散步，捕捉一路上的風情，你會發現建築物、樹木、盆栽、路燈都在向你自我介紹，對你細細私語：巷弄裡的老舊平房「老爺屋」，好似坐在太師椅上的長老；總是颳來一陣狂風的路口，是一座「風工廠」；國小外濃密的行道樹，是能享受芬多精洗禮的「沐浴大道」；門口養著惡犬的那戶人家，是能避就避的「恐龍谷」……當你這麼做時，你會重新認識這個地方，甚至是重新愛上它！

用想像眼光欣賞所有的習以為常，讓景物竄出豐富情味。正如《紅髮安妮》一書最末寫著：「任何事物都奪不走她豐富的想像力和綺麗的夢幻。」這是搶也搶不走的法術，只要你用心感受、盡情揮灑，時時都能體驗到化單調為神奇的想像魔力！

地名幻想練習曲

關於景點命名，你可以想像：

1. 從建築風格、新舊、構造 → 高樓大廈 →？
2. 從植物種類、樣貌 → 杜鵑花叢 →？
3. 從居住的人、動物的特點 → 養鴿人家→？
4. 從散發的氣氛 → 停工的工地→？
5. 從聲音、氣味、觸感→臭豆腐店→？
6. 從此處的功能 → 便利商店→？

生活「心」地圖——以河濱公園為例

1.「巨人塗鴉簿」：開放給街頭藝術家彩繪的牆面。
2.「海苔國」：一大片青蔥草地除了視覺享受，還能挑起食慾。
3.「外星人聯絡站」：一座座電塔不知道正傳送什麼訊息。
4.「寂靜城堡」：舊公寓平日靜悄悄的，一點聲音也沒有。
5.「詛咒迷宮」：密密排列的橋墩，像是走也走不完的迷宮。
6.「藍龍」：連綿的高架橋如騰飛在天的長龍。
7.「守護之鏡」：河水如天神般守護著河堤內的居民，讓對岸大怪物現出原形。

經典文學 2

天差地別的趣味——《格列佛遊記》的尺寸切換鍵

你曾去過小人國主題樂園嗎？你像個巨人，華美的宮殿、富麗堂皇的城堡，都低伏在腳邊，你感到一股君臨天下的威風；或者你曾拜訪袖珍博物館，彎著腰、瞇著眼，窺探娃娃屋中迷你的房間擺設，為只有拇指大的小床讚歎不已嗎？又

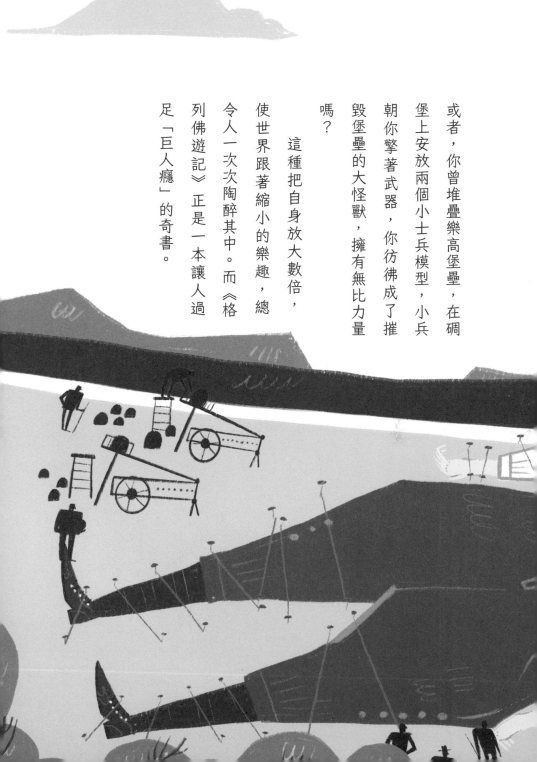

或者，你曾堆疊樂高堡壘，在碉堡上安放兩個小士兵模型，小兵朝你擎著武器，你彷彿成了摧毀堡壘的大怪獸，擁有無比力量嗎？

這種把自身放大數倍，使世界跟著縮小的樂趣，總令人一次次陶醉其中。而《格列佛遊記》正是一本讓人過足「巨人癮」的奇書。

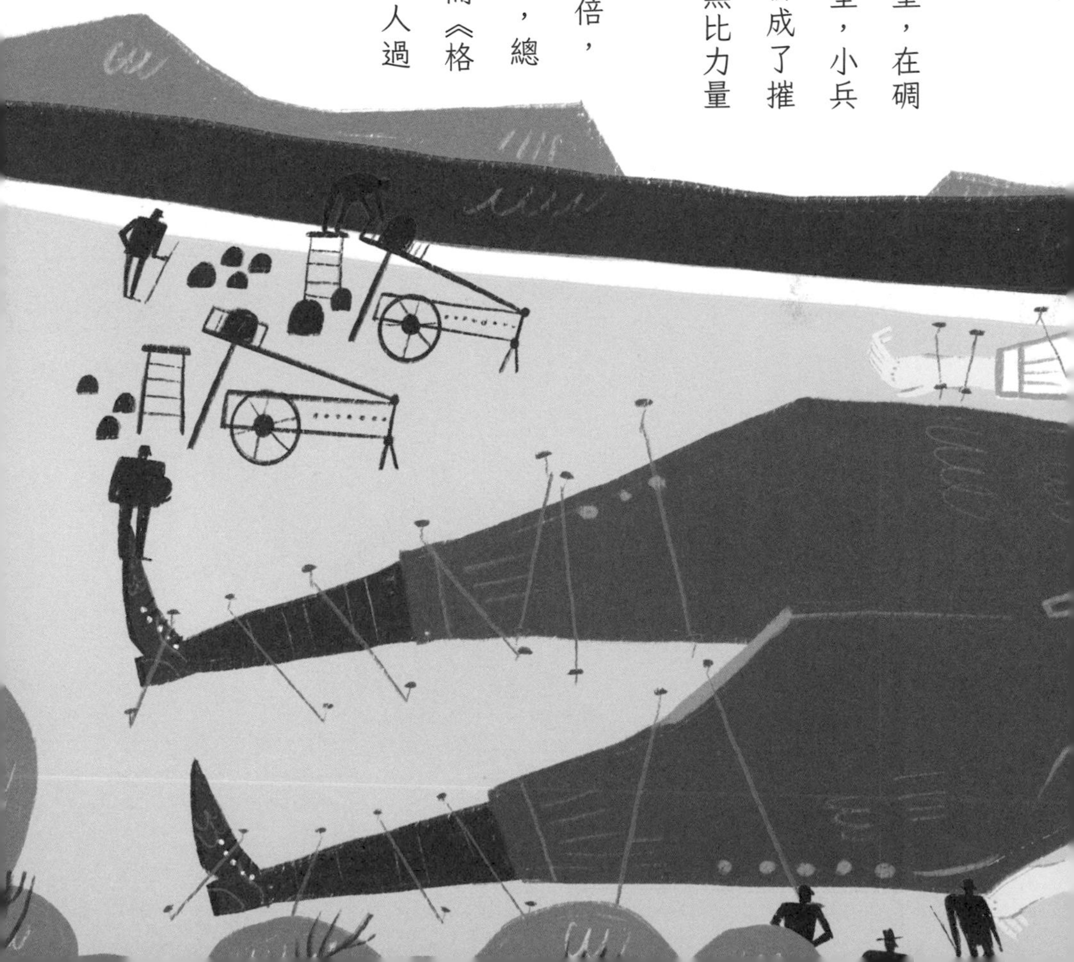

是遊記，也是諷刺作品

大家應該都對格列佛的故事不陌生——英國作家喬納森．斯威夫特在一七二六年出版了《格列佛遊記》，書中主角格列佛是個外科醫生，在航程中碰到風浪而漂流到荒島上，展開接二連三的奇特旅程，拜訪了小人國、巨人國、飛島國與智馬國，其中，第一卷的〈小人國歷險記〉多年來更是魅力依舊，讓眾人津津樂道。

其實，《格列佛遊記》並非單純的遊歷故事，而是一本諷刺作品。喬納森．斯威夫特除了作家的身分之外，也是英國啟蒙運動中民主激進派的重要人物，他以犀利的文筆揭發政府的貪婪，甚至為愛爾蘭的獨立

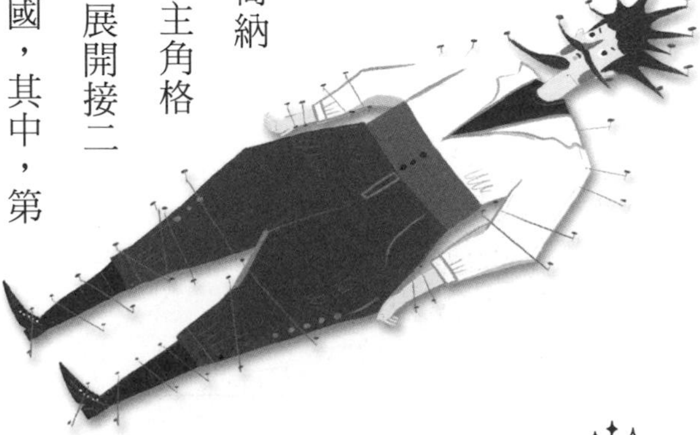

自由運動發聲。當他因為諷刺政府的匿名作品被懸賞緝拿時，愛爾蘭人民更是暗中保護他。最後，喬納森．斯威夫特從英國回到愛爾蘭，人們還簇擁在路旁迎接他。

喬納森．斯威夫特透過書寫，諷刺政治、社會種種不平等現象，《格列佛遊記》不僅有引人入勝的情節，也有深刻的寓意，它的地位可從英國近代作家喬治．歐威爾的發言中展現：「如果要列出六本就算其他書籍都毀滅時仍要保留的書籍，《格列佛遊記》一定是其中之一。」

「對比」鍵的「尺寸」戲法

想想看，若是沒有新奇的遭遇，只有對政治社會的批判，這本書該是多麼無趣啊！而喬納森．斯威夫特令人佩服之處，正是使用幽默生動的文字，營造出故事的趣味。他之所以能巧妙的將讀者逗留在書本上的目光，轉換為如同從格列佛的眼睛望出去，看見千奇百怪的景貌，在於他按下了「對比」鍵。

當格列佛漂流到小人國時，作者就暗中按下「對比」鍵，對讀者玩起「尺寸」的戲法。格列佛睜開眼後，發現自己被小人兒們綁縛在地上，國王還下令送來食物——那看起來應該是羊腿、羊肩的肉塊，居然比百靈鳥的翅膀還小，麵包也如步槍子彈，格列佛大嘴一張，一次就能吞下兩三塊麵包。雖然沒有插圖，喬納森．斯威夫特卻以食物之小，對比出格列佛之大，在讀者心中呈現了一幅生動的畫面。

不只如此，格列佛放在口袋裡的小手帕，成了「足可做陛下大殿地毯」的布匹；「一部背面伸出二十根如宮殿長柱般的機器」原來是一把扁梳；而當格列佛躺在地上，他的手一次可讓五六個小人兒在上面起舞，孩子們甚至能鑽到他的頭髮裡玩捉迷藏呢！

喬納森．斯威夫特也透過數字，對比出格列佛和小人國人民身形的差距——格列佛的身軀至少可抵得上一千七百二十八個人民。這也就不難想像，為什麼皇宮發生大火，百姓們澆灌著一桶桶水卻無法撲滅時，格列佛的一泡尿，就結束了這場火災。

✧輕鬆凸顯相反事物

在敘述時，對比就像一個尺寸切換鍵，能具體呈現兩個截然相反的事物或概念，凸顯要強調的意象，正如格列佛來到小人國，雖然身高沒變，但是藉由描述矮小人民、各種迷你物品，相比之下，格列佛成了如山一般的「龐然大物」。

對比手法常是故事或寓言的基調，例如在《伊索寓言》裡，透過夏天只顧歡唱的懶惰蚱蜢，對比出螞蟻因為勤勞工作，在冬天免於凍傷、挨餓的命運。其他如說謊對比出誠實、貪心對比出知足，「對比」鍵一按，讀者便能準確掌握故事的核心價值。

在中國文學作品裡，也不乏對比的細膩運用。南朝詩人王籍曾寫到：「蟬噪林逾靜，鳥鳴山更幽。」為了描繪出山林的幽靜，其故意以蟬「知了知了」的鳴叫與鳥兒「啾啾喳喳」的啼唱相對，在蟬聲鳥語中，整座山林彷彿更加寧靜安詳。

又如柳宗元的〈江雪〉：「千山鳥飛絕，萬徑人蹤滅。孤舟簑笠翁，獨釣寒江雪。」層層疊疊的連綿山巒，竟然連一隻鳥都沒看見；一條條交錯分歧的小路上，毫無人們行經的足跡。在廣闊江面上，只有一艘小舟，穿著簑衣的老人正獨自垂釣。哇！你是否感受到這幅景致裡的多重對比呢？透過多對無、大對小，將老翁的「獨」傳神的點出來了！

✧相反概念拉鋸的趣味

對比的使用，也常出現在我們的生活中，例如一群男生中僅有一位女生，我們會說她是「萬綠叢中一點紅」；在大家昏昧不識、茫然行事，只有你一人不迷失方向、思辨清晰時，你會形容自己是「眾人皆醉我獨醒」。有句廣告臺詞是這樣說的：「肝若好，人生是彩色的；肝若不好，人生是黑白的。」也是藉由對比營造強烈印象，成為人人琅琅上口的流行語。

在描寫事物時，不妨按下「對比」鍵吧！用相反的概念襯顯出主角，將使意旨更加鮮明，像是瘦小的女孩站在滿身肌肉的健美先生旁，有如一根羽毛般飄搖弱小；在漆黑夜色中，貓頭鷹的雙眼更形明亮；喝完苦口中藥後含一顆糖，那甜蜜溫潤的滋味更勝於平常。

其實我們的感受本來就是在「比較」中形成，大與小、高與矮、新與舊、冷與熱、快樂與悲傷，只要巧妙加強差距，趣味就在相反概念拉鋸間盎然橫生！

按下「對比」鍵

一、你如何凸顯楓葉的橘紅？

二、你如何強調舊房子的傾圮、毀壞？

三、你如何展現臺北一〇一大樓的高聳？

經典文學
3

絕不說「沒用」——中國寓言大師莊子

幾乎人人小時候都讀過《伊索寓言》，在簡短的故事中，看到貪心、偷懶、不誠實的主角最後落得不好的下場，而引以為鑑，漸漸學會待人接物的道理。

伊索是西元前六百多年的希臘寓言作家，在中華文化中，也有一名寓言家，以充滿哲理、幽默輕鬆的故事，影響著一代代讀者，他就是莊子。

順任自然的莊子

莊子生在政治局勢混亂的戰國時代，當時諸侯們為擴張勢力，紛紛發動戰爭，人民死傷無數。針對這樣的社會狀況，各派別思想家開始發表意見，踴躍提出對治國處世的看法，形成「百家爭鳴」的局面。「儒家」的孟子認為國君應該施行仁政，愛護人民；「法家」的韓非強調以嚴格法律治國；而「道家」的莊子採取「順任自然」路線，主張不強求、不胡作非為。

莊子的智慧曾吸引楚王派兩位大臣前往拜訪，邀請他當宰相，但正在釣魚的莊子說：「聽說楚國有隻神龜，雖死去三千年了，仍蓋上布

巾，裝在宗廟的竹箱中。你們覺得神龜想要留下受人尊崇的殼骨，還是寧願在泥巴裡玩耍呢？」大臣回答：「當然是活在泥巴中。」莊子便接話：「你們離開吧！我也想拖著尾巴在泥巴裡打滾呢！」原來，莊子以神龜做為比喻，表示自己寧願窮苦，也不想被富貴綁住，失去自由。

小故事，大智慧

想了解莊子究竟多有智慧，可從《莊子》一書裡一則則寓言故事領會——但是，為什麼這些道理要用「寓言」的形式表現呢？一方面，因為莊子述說的對象大多是王侯，發言時一不小心，可是會惹上殺身之禍，若用說故事的方式，就能婉轉表達；另一方面，嚴肅的大道理跟精彩的故事相比，當然是後者有趣多了。

歷史上，不少學者拜服於莊子的高妙思想，像是清朝大學者金聖歎從歷代作品中，挑出最具代表性的六本書，稱為「六大才子書」，而《莊子》正是其中的第一本呢！

我們不妨先從一些耳熟能詳的寓言，品味莊子詼諧中的智慧，像是以下這幾篇故事——

一隻住在井裡的小青蛙，對來自東海的大鱉炫耀自己的生活多麼快樂，並邀請大鱉進入水井參觀。但鱉一伸腳就被絆住，牠轉而對青蛙描述東海有多開闊、深廣，青蛙這才發現自己的渺小。「井底之蛙」後來就用來形容見識淺少的人。

「邯鄲學步」的故事是說一位燕國青年，特地到趙國都城「邯鄲」，學習邯鄲人走路的優雅姿態。沒想到，過了好幾個月，他仍學得不像，甚至忘了自己原本是怎麼走路的，只好如嬰兒般爬著回家。

「邯鄲學步」這句成語就是在提醒那些一味模仿其他人的人，小心「畫虎不成反類犬」，反倒失去自己原本的特色與能力。

在「庖丁解牛」故事中，屠夫因為長久的經驗，已經知道牛隻的筋骨和內臟分布，不再因為切解牛隻而損壞牛刀，能讓牛刀俐落的在牛的筋骨中悠遊來去，如舞蹈般美妙。莊子透過這名屠夫，告訴我們熟能生巧的道理，任何事情只要用心、澈底鑽研，便能得心應手。

✧從不同角度看事物

莊子有個朋友叫惠施，在《莊子》一書中，常常出現。有天，惠施對莊子說：「我有棵大樹叫『樗』，樹幹長滿樹瘤，一點也不筆直，樹枝也彎彎曲曲，完全沒有可利用的地方，就連木匠經過路邊，也瞧都不瞧它一眼。你看，它這麼大，卻沒有用處，大家都不喜歡它。」莊子聽了，便說：「你為什麼不把它種在原野上？這樣一來，就可以在樹旁散步，或是躺在樹蔭下休息、乘涼，不用擔心有人把它砍去。正是因為大家認為它毫無用處，它才能避免被砍伐的命運呀！」

還有一次，惠施提到魏王送他一顆大葫蘆的種子，雖然結了好大的果實，但質地太脆弱，倒進酒水後，葫蘆就因重量而裂開，也無法拿來做水瓢，因為根本沒有夠大的水缸可以和它搭配使用。惠施覺得這巨大的葫蘆一點用處也沒有，便把它敲碎，但莊子卻不這麼想，他說：「何不在夏天把完整的葫蘆綁在腰上，抱著它就可以浮游在江河上，多麼清涼自在啊！」

從莊子和惠施的對話不難發現，莊子總能站在另一個角度看待事物，找出它的用處與可施展的地方，於是沒有筆直樹身當作建材的樗樹，成了遮陽的天然涼亭；碩大皮薄的葫蘆，則變成另類浮板。

練習跳脫固定的思考模式

我們也常常和惠施一樣，因為習慣了固定的思考模式，例如樹就是木材、葫蘆就是水瓢，而未能發現它們的更多用途。生活中，這些沒被找到其他用處的東西，最後成為人們眼中的「垃圾」，被打入冷宮棄而不用；但是，只要換個角度思考，「垃圾們」將有無限新機！

就像喝完的寶特瓶裁切後，能做為盆栽或其他容器；若是倒入豆子，能成為聲音清亮的沙鈴；在二〇一〇年臺北國際花卉博覽會中，令人眼睛一亮的流行館「環生方舟」，則是以一百五十萬個寶特瓶搭蓋而成，不只堅固、環保，更具備獨特美感。

在美國，甚至有一間再生能源公司，利用垃圾掩埋場產生的沼氣來發電，或做為汽車的替代燃料。其他物品像是廢棄輪胎、不穿的衣服等，都等待我們給予「重生」的機會，為它們打造一張新的「身分證」。

同時，莊子也提醒我們「天生我材必有用」的道理，沒有人是完全無用的，只要了解自己，找到自己擅長的領域，就能發光發亮，例如臺灣享譽國際的舞蹈家許芳宜，童年時課業成績並不優秀，但當她站上舞臺舞動肢體，就散發出滿滿的自信與能量；一支籃球隊，也需要依照每位球員的優勢，把每個人都放在適合的位置。

因此，永遠別抱怨自己「沒用」——別忘了，莊子教我們要有一雙找到不同角度的「慧眼」，不只是面對事物，更要找到自己最珍貴的價值！

絕不說沒用：廢物新生證

為一個廢棄物思考新用途，然後改造它，並且為它製作一張新的身分證吧！

名字	「新生」照
吃筆龍 （為它取個新名字）	 （幫找到新用途的它拍張照或畫張圖）
「原始」身分	餅乾盒 （它原本是什麼、做什麼用呢？）
「新生」日期	2013. 3. 10 （何時被你發現另一種用處？）
「新生」父／母	**我，許小歷** （你就是它的「再造父母」。）
「新生」用途	筆筒，幫我把筆緊緊咬住，書桌再也不會亂成一堆了！ （它的新用途是什麼？）

經典文學
4

一覺醒來變成蟲——《變形記》的變身術

上一篇文章中提到，中國古代有一位很會講寓言故事的哲學家，叫做莊子。莊子某次夢見自己是一隻蝴蝶，在花叢間穿梭，渴了便喝點甜甜的花蜜，倦了就窩在柔軟的花瓣上休息，快活極了！然而，再美的夢都有結束的時候，莊子醒來後，看看自己「人模人樣」的裝扮，一時間還搞不清楚究竟是人在夢中變成蝴蝶，還是蝴蝶做了一個變成人的夢呢！

在西方，也有一位富有哲思的作家——法蘭茲．卡夫卡，他最有名的作品之一《變形記》，就是一則變身故事。

西方哲思作家卡夫卡

莊子透過「夢蝶」的故事，表達出心靈有如翩然飛舞的蝴蝶般不受限制、逍遙自在，也展現了人與大自然的密切相連、共通感應。巧妙的「變身」，可以在轉換身分之際，傳遞主角的心情，更能偷渡作者的祕密——卡夫卡的《變形記》也有異曲同工之妙。

卡夫卡出生在一百多年前的捷克，家中除了三個女孩，他是唯一的兒子，這使得爸爸對卡夫卡的期望很高；然而，卡夫卡從小個性內向、安靜、斯文，與爸爸的豪邁、霸氣、粗枝大葉截然不同。爸爸期待兒子長大後能繼承工廠，做他的接班人，卡夫卡卻熱愛文學，可以一整天待

在房間裡專心寫作。可想而知，這對父子的感情一定相當疏離，父親不支持兒子的理想，兒子也對父親十分畏懼。

不過，卡夫卡終究在媽媽、妹妹的支持下，全心投入書寫，他還特別找了一個下午兩點就能下班的工作，以便擁有更長的寫作時間。而卡夫卡在寫作途中並肩奮鬥的最佳戰友，莫過於在大學時結識的友人克勞德。若說克勞德是卡夫卡一生的知音，一點也不為過，他們見面時，話題總離不開寫作。卡夫卡過世前，還把所有手稿都交給克勞德，希望他能燒掉這些文章。幸好克勞德並未依言照做，否則這個世界將會少了許多好作品呢！

《變形記》的變身奇想

卡夫卡的創作，幾乎都在探討人存在的意義。《變形記》的男主角格里高爾原是家裡的經濟支柱，家庭成員除了格里高爾，還有易怒的爸爸、慈悲的媽媽，以及與他感情深厚的妹妹。

一天，格里高爾醒來後，發現自己竟變成一隻大蟲。正當他還摸不著頭緒，對「變身」感到不知所措時，主管已來到家中，質問他為何沒去上班。格里高爾下不了床、出不了房門，仍不停解釋，但房外的家人和主管都聽不懂他所說的話，只聽見一陣奇怪的蟲鳴聲。而當格里高爾終於打開房門、探出身來時，所有人都被這隻大蟲嚇壞了，主管落荒而逃，父親更是一腳把格里高爾踢回房內。

為了不驚嚇到家人，變身為蟲的格里高爾只能待在房間內。體貼的妹妹送來他最愛的食物，但味覺改變的他不受那些美味吸引，反倒愛上腐敗的菜葉。妹妹還找來媽媽一塊兒清空哥哥房間內的家具，讓他有更多爬行空間；雖然出於好意，但對於格里高爾來說，撤除家具，就像消除了他身而為人的證明與回憶，也似乎暗示著他再也無法復原了。

從角落爬出來阻止的格里高爾嚇暈了媽媽，爸爸知道後，氣憤的拿蘋果惡狠狠朝格里高爾砸了過去。受傷的他窩回房內，日復一日，就像被禁閉的犯「人」，思考著自己雖然還有人的思想、心靈，但生理上已經變形的他，究竟還算不算是個「人」呢？

✧變身為蟲，是人還是蟲？

格里高爾無法賺錢養家後，家人們開始工作，並把多餘的房間租給三名房客。隨著時間流逝，雜物都堆在格里高爾房內，餵食的工作也交給打掃的幫傭阿姨，家人對待他愈來愈冷漠。

一天，房客請妹妹在客廳拉奏小提琴，悠揚琴聲令沉醉的格里高爾打開房門，來到客廳，彷彿回到過去快樂無憂的時光。只是，美妙的樂音很快就被打斷，房客們以家中藏著一隻大蟲為由，拒付房租，為家中經濟投下一顆震撼彈。

妹妹終於承受不了，提出要放棄格里高爾的想法，認為他已是一隻「怪物」，不再是「哥哥」了。格里高爾聽到這番話，難過的回到房間，最後因為之前被蘋果砸中的傷口感染和長期飢餓，孤獨死去。故事的最後，是家人們都感受到解脫的自由，如忘了格里高爾般，計畫著美好的未來。

故事與現實相映的「變形」

若以《變形記》對照卡夫卡的一生，可找到許多相映之處，例如故事與現實中父親的形象極為相似；變形後失去工作能力的格里高爾、不願繼承父親工廠的卡夫卡，也都因為經濟因素失去了家庭地位，得不到爸爸的認同；格里高爾說著無人理解的蟲語、急著為自己辯解的舉動，嚇壞了家人，而失去了人類的語言，等於失去溝通的管道，就像是卡夫卡真正的心意，也找不到傾訴的方式、聆聽的對象。此外，蟲子令人生厭，被關在房內，是不是也象徵著卡夫卡孤單、寂寞，期待被了解的內心世界呢？

卡夫卡把他不被理解的孤單轉化成一隻人見人恨的蟲子，透過「變蟲」的故事，展現主角和作者的心情與處境。「人」「蟲」之間，變形的線索，就在於卡夫卡的自身特質。

你的變形記是什麼樣的故事？

掌握人物個性、動物特色來加以變形的故事不勝枚舉，像是中國經典小說《西遊記》中，孫悟空猴性的潑辣靈活、豬八戒的懶散貪饞、牛魔王的固執與牛脾氣、蜘蛛精吐織情網製作陷阱，都絕妙融合了動物的習性、特徵和人的性格、行為。

你呢？你有什麼特點，令你覺得自己像哪些動物？或者你希望變成哪種動物，以彌補、體驗自己缺乏的特質？在變形後，會展開什麼不一樣的遭遇？身旁的家人朋友又是怎麼看待你？透過書寫自己的《變形記》，除了過足變身癮，你也會更了解自己，知道自己最在乎的事物是什麼。

當你完成這場變身體驗，你將明白身而為人，值得珍惜的事物有哪些——或許，這就是卡夫卡一生透過寫作，最想告訴自己並和讀者分享的答案吧！

《變形記》的思考路線

我擁有哪些特質 我缺乏哪些特質	我很膽小，總是不敢做許多事情。
這特質令我聯想到的動物	某天一覺醒來，我變成一頭獅子。
變成動物後，人們的反應	平常愛欺負我的人都躲得遠遠的。
生活作息或習性的改變	我變得只愛吃肉，生氣就發出如雷吼聲。
因為變身而發生的特別事件	我第一次挑戰獨自走在回家的路上，發現其實沒那麼可怕。
我的心情、體會	現在的我知道，很多貌似艱難的事情，只是自己嚇自己。
最後的結局	我學會了勇敢，媽媽卻不敢抱我了，但願哪天睜開眼睛，能變回從前的自己。

＊看完以上範例，換你試試看吧！

經典文學
5

美醜的警鐘——
雨果的《鐘樓怪人》

電影《悲慘世界》在全球各地受到矚目，贏得許多獎項，除了巨星雲集的卡司、絲絲入扣的演技、磅礡配樂與令人動容的歌聲之外，更重要的是，它有著發人深省的意義。《悲慘世界》改編自法國大文豪雨果的同名小說，雨果將法國大革命、階級壁壘分明的社會、反抗起義的人群，以及小人物們的悲慘命運，寫入故事中，完成了《悲慘世界》這部經典的傳世巨作。

法國大文豪雨果

維克多・雨果出生在一八〇二年，當時的法國正歷經一次次變革，身為一位「社會觀察家」，他以敏銳眼光體察社會，用精準筆墨捕捉人性。他的每部作品中，都展現「人」的百態與社會現象，並藉著牽動人心的情節和結局，提醒讀者真正可貴的德行及價值。

若你覺得《悲慘世界》故事太龐大，也來不及熟悉歷史背景，不妨從雨果更早的作品《鐘樓怪人》開始。這個故事也曾改編為音樂劇，在世界各地巡迴表演，更曾來到臺灣演出，就連迪士尼也有一系列的《鐘樓怪人》動畫呢！

雨果很會寫小說，也被稱為「法國第一詩人」，他九歲就開始寫詩，十四歲已累積了十本詩稿。二十八歲時，雨果買了一瓶墨水，把自己裹在一條羊毛毯裡，開始心無旁騖的投入寫作，除了上廁所、進食等基本生理需求之外，幾乎沒有從毯子裡出來過。就這樣過了五個月，《鐘樓怪人》這部膾炙人口的作品便誕生了。

鐘樓怪人的坎坷命運

《鐘樓怪人》的書名（*Notre-Dame de Paris*）若從法文直譯，意思為「巴黎聖母院」，顧名思義，這是一個發生在巴黎聖母院的故事。據說雨果參觀巴黎聖母院時，在通往鐘樓的牆上發現希臘文「命運」的刻字，他不禁思索：「是誰發生了什麼樣的事情，使他在這裡留下這樣的字詞呢？」而這「命運的主人」便成為《鐘樓怪人》一書的靈感起源，由雨果為主角寫下坎坷的命運。

雨果把故事背景設定為中世紀的法國，當時神職人員在社會、政治上具有相當大的影響力。一名男嬰加西莫多因為駝背、跛腳、眼眶凹陷的醜怪長相，被拋棄在巴黎聖母院門口；副主教孚羅洛收留了他，養育他長大，還讓他擔任敲鐘人。不過，加西莫多雖有著善良高尚的品德，卻因醜陋的外表總是被欺負和捉弄。

一天，孚羅洛在市集上看到美麗的吉普賽女郎愛絲梅拉達正翩翩起舞，對其美好的外貌心生嚮往。這團愛火燒出了嫉妒、貪婪、占有等壞念頭，他編造理由，命令加西莫多將愛絲梅拉達綁至教堂；沒想到，加西莫多在途中被弓箭隊隊長腓比斯攔下，於廣場上受到鞭罰。虛弱的加西莫多向路人乞討水喝卻無人搭理，唯一伸出援手的是不計前嫌的愛絲梅拉達，加西莫多深受感動，因此愛上了她。

不過，愛絲梅拉達對已有未婚妻的腓比斯一見鍾情，兩人私下約會時，受慾望蒙蔽良知的孚羅洛竟尾隨在後，刺傷腓比斯，還嫁禍給愛絲梅拉達。當加西莫多得知愛絲梅拉達被判死刑後，趕至刑場，將她從絞架上救了下來，藏在聖母院內。這段日子裡，加西莫多悉心照顧愛絲梅拉達，愛絲梅拉達也感受到原來在醜怪的外表下，加西莫多有顆善良美好的心，兩人便成為朋友。

但孚羅洛並未善罷干休，愛絲梅拉達拒絕與他在一起後，氣憤的他將愛絲梅拉達交給軍隊，使愛絲梅拉達終究難逃一死。當加西莫多發現一直以來的養育恩人竟如此心狠手辣，為了替愛絲梅拉達報仇，他將孚羅洛從聖母院鐘樓推了下去，自己則來到愛斯梅拉達的墓地，死在她的懷抱之中。

重新思考「美」與「醜」

這是多麼悲悽的故事啊！雨果透過奇醜無比的鐘樓怪人加西莫多、道貌岸然的副主教孚羅洛、婀娜多姿的愛絲梅拉達等角色，帶領讀者重新思考什麼是「美」、什麼是「醜」。

故事中，人們因為鐘樓怪人的長相，排斥他、欺負他，卻很少有人能夠拋去外在，感受他善良的本質，真正認識他、理解他；而副主教雖相貌堂堂，擁有令人景仰的職位，卻展現出人性最醜惡的一面。真正的美醜，並非由外表決定，而在於內心。仔細想想，外在的美醜，因人的喜好、時代的潮流、地域的文化，會有不同的審美觀；但內心是美是醜，一個人是善良或邪惡，倒是古今中外標準皆同呢！

不只是雨果發現了美醜的真義，在中國古代的戰國時期也有類似的故事。有個貌醜女子鍾離春，凹頭深目，大肚肥頸，外加朝天鼻，大家都取笑她的長相；但鍾離春不在意，她有著滿腹才華，一心關懷社會。當時齊宣王治國腐敗，鍾離春為了提醒他一國之君的職責，冒著殺頭之罪，跑去見齊宣王，直指他沉迷享樂、荒廢政事、疏於外交等罪狀。大家原以為鍾離春既無姿色可言，又口無遮攔，下場大概淒慘無比吧！沒想到，齊宣王被鍾離春的勇敢與智慧所感動，不僅立鍾離春為后，更改去陋習，專心治國，使齊國強盛起來。

✧追尋真正的「美麗」

印度詩人泰戈爾曾說：「你可以從外表來評論一朵花或一隻蝴蝶，但不能這樣評論一個人。」英國文豪莎士比亞也留下這句話：「沒有德行的美貌，是一下子就會消失。」認識一個人，難免從外在開始，但別忘了一個人的價值是從內心顯現出來的，抱持著美善的心念、做美善的事，那才是真正的美麗。

成語「相由心生」也是這個道理，否則童話故事《白雪公主》中的壞皇后，雖然美麗，為什麼卻在人們心中留下醜惡的印象呢？或許，雨果塑造了住在巴黎聖母院鐘樓的怪人，正是希望藉由他敲響的鐘聲，使我們覺醒，當個真正的「美人」吧！

GAME 5 遊戲換你玩

美醜問卷調查表

一個人的美醜，由其心地、德行決定，讓我們一起設計問卷，評估自己是不是貨真價實的「美男」或「美女」吧！記得檢測完畢後，也要繼續往真正的「美」邁進喔！

美的品德	實際行為	檢測欄			
		總是	時常	偶爾	從不
示範：誠實	做錯事情能夠坦承以對，不推諉他人。		V		
示範：熱心	看到有人需要協助，只要能力所及，都會幫忙。	V			

經典文學
6

蒐集幸福羽毛——《青鳥》的寓意

若問現今的孩童和青少年，最受歡迎的是哪一隻鳥，大概非「憤怒鳥」莫屬吧！色彩鮮豔的螢幕上，憤怒鳥朝搗蛋豬發動攻擊，滑稽又逗趣，沉浸在遊戲中的人，一臉欲罷不能，彷彿這隻無翅紅鳥，為他們帶來無比幸福。其實在一百多年前，也有一隻代表幸福的青鳥喔！

尋覓青鳥之旅

故事是這樣的：耶誕節就快到了，女巫拜訪一戶貧困家庭，希望小兄妹可以幫忙尋找能帶來幸福的青鳥，救治她女兒的病。善良的小兄妹帶著水、火、麵包、方糖、牛奶、狗與貓，以及一顆女巫給予、能使物品說話的鑽石，展開神奇的尋覓之旅。

小兄妹先來到回憶之國，但在那裡得到的青鳥，一離開回憶之國，羽色竟轉成黑色；接著，他們在夜之宮殿抓到青鳥，但青鳥一出宮殿便死去；隨後，他們來到動物森林，這裡的動物們竭盡全力守護青鳥，小兄妹只好空手前往享樂王國。在享樂王國，小兄妹雖然有了空前的享

受，但未找到青鳥的蹤跡（他們曾在幸福宮殿的房間依稀望見青鳥拍動的翅膀，卻不曾看到完整的青鳥）。

最後，在光明仙子的協助下，小兄妹終於在未來王國抓到一隻青鳥，並將青鳥放入籠中，連忙趕回家。沒想到，籠中青鳥又變成紅鳥，兩人只好以一只空籠，結束這趟尋覓之旅。

小兄妹睡了一覺後，發現家中原本飼養的鴿子，羽毛居然變成青色！他們又驚又喜，決定將這隻青鳥送給巫婆生病的女兒，結果順利治癒了對方的疾病，而青鳥也在這一刻拍動翅膀，消失在天際。

✧解密青鳥童話

這個故事就叫做《青鳥》，但在一開始，它並非以書本的形式發表，而是一齣童話劇。劇作家莫里斯・梅特林克於一九〇九年完成這個劇本，兩年後在巴黎一上演便造成轟動，他還獲頒諾貝爾文學獎呢！

莫里斯．梅特林克是比利時人，雖然他的創作早期未受到關注，但是他在作品中傾注想像力，富含情感與哲理，寫作才華很快便為眾人推崇，被譽為「比利時的莎士比亞」。

劇本《青鳥》後來由他的妻子改寫成童話，故事主角的奇幻冒險與尋找之旅，成為世界十大童話名著之一。

不過，《青鳥》絕不只是一個奇幻的探險故事，莫里斯．梅特林克在旅途中，安排了許多象徵和寓意，等待著觀眾與讀者一一解密——讓我們先來看看小兄妹帶些什麼東西上路吧！水和火都是生命的起源，象徵源源不絕的生命力，而熊熊火焰更是旺盛的鬥志；麵包是維持生活的糧食，暗示追尋理想的途中，維持生存基本所需是必要的；甜蜜的方糖是小孩的最愛，代表童心，也是快樂的起點，許多大人變得世故、鬱鬱寡歡，正是因為遺失了珍貴的童心。此外，牛奶象徵了純潔美好，一路相伴的狗與貓則說明了人性的兩面性：無私忠誠和自私詭詐。

故事裡，每個國度也像是一堂堂心靈啟發課，小兄妹遊歷其中，對人生更有領會：在回憶之國，他們遇見過世的祖父母，重溫美麗的往日，說明許多人事物就算不在了，但他們的美好將永存在我們的回憶中；離開回憶之國時，青鳥變黑了，正告訴我們一再沉醉在回憶裡，想藉由回憶的美妙繼續活著，那種幸福是虛幻的。

而在夜之宮殿中抓到的青鳥，一離開夜晚就死了，代表能在光明中繼續延續的，才是真正的幸福；諷刺的是，在幸福宮殿裡生活的人們，宣稱有「錢花不完的幸福」、「一無所知的幸福」、「一直吃的幸福」，卻找不到代表「真正幸福」的青鳥。就連最終站未來王國帶回來的青鳥，最後也變成紅鳥，代表幸福既不存在於一味緬懷的過去，也不在全心全意盼望的未來——那麼，幸福到底在哪裡呢？

✧幸福就在當下

幸福就存在於「當下」，在我們正生活著的每一分、每一秒——小兄妹回家後，發現原本飼養的鴿子正是青鳥，這就說明了「幸福一直在我們身邊，等著我們發現」。

幸福不是難以企及的財富和權勢，若把它們視為幸福的解答，就必須為此一生苦苦追尋，犧牲了許多簡單的快樂，就算得到了，也將因為擔心失去而提心吊膽度日。但只要仔細體會，生活中處處都是幸福：有家人的陪伴是幸福，睡一場好覺是幸福，欣賞一朵初開的小花是幸福……這些平凡微小的幸福，一點一滴構築出我們的幸福人生。

在世界文壇占有一席之地的日本文學家村上春樹，就曾分享幾則生活中的「小確幸」（微小而確切的幸福），例如當他忍耐著做完激烈運動，打開冰箱，喝到冰冰涼涼的啤酒，那清涼暢快的感受，便帶給村上春樹無可比擬的幸福。清朝文人李慈銘也在日記中寫到，在深夜裡，點蠟燭、燒暖爐、泡杯茶，桌上放一本好書，邊品讀邊圈寫，就算沒有豪宅可住，仍是無窮享受！

用「心」蒐集幸福每一刻

關鍵就在於「心」。如果我們能懷抱著一顆感恩的心看待事物，學會不貪求，懂得知足，那麼幸福的青鳥時時刻刻都會向我們「現身」：放假時，觀看一場刺激的球賽轉播；炎熱的夏天裡，突然吹起一陣涼風；肚子餓時，到小吃店點一碗熱騰騰的麵；還沒等太久就來的公車……因為我們習以為常，許多小事都被忽略了，其實它們都是人生最珍貴、最美好的一刻，都是青鳥的化身呢！

用心體會生活，讓我們開始蒐集幸福的青色羽毛吧！我們甚至可以自己創造，就像故事裡的小兄妹，願將家中青鳥送給生病的女孩，這種善行更是一種幸福的證明。有句話說：「既以為人己愈有，既以與人己愈多。」意思是當你盡其所能的幫助別人，自己將會更富足；而這份富足之感，想必就是「幸福」的意義吧！

青鳥羽毛蒐集圖

你能在生活中找到一根又一根幸福羽毛嗎？用心感受，寫下在哪些時刻或事件中，你看到了青鳥的身影！相信你一定會找到自己的幸福青鳥！

開學日終於和好朋友相聚。

晚餐後，媽媽準備的水果
是我最喜歡的西瓜。

和同學一塊解開一題數學應用題。

體育課是好天氣，可以打籃球！

練功區

日常觀察小計畫

難度 ✏✏

經典文學 7

下一站，幸福——
《銀河鐵道之夜》車票發售中！

「火車快飛，火車快飛，穿過高山，越過小溪……」這首童謠，幾乎每個人都能哼唱幾句。火車，可說是人類交通史上一項重大發明，當長長的軌道鋪好，火車頭鳴響笛音，橫越陸地的旅程就此展開。

不過，光是在陸地上行駛似乎無法滿足人們的天馬行空的想像力，當景物「唰——唰——」從窗外掠過，一定有不少乘客在心裡暗暗期待，下一秒，列車真的能如歌詞所唱，快快飛往天空，駛往未知的神祕世界吧！日本作家宮澤賢治便以《銀河鐵道之夜》，帶領讀者們隨火車前行，一覽銀河風光。

日本文學大師宮澤賢治

宮澤賢治（一八九六年～一九三三年）在日本，可說是家喻戶曉的文學大師，各地小學和國高中的課本裡，都收錄了他的作品。他的文字所蘊含的生命力，深深影響著每個日本人，就連動畫大師宮崎駿也說過：「宮澤賢治始終是走在我前面引導方向的那個人。」他更致力在動畫中體現宮澤賢治的精神。在二〇一一年的日本三一一大地震後，宮澤賢治的詩歌〈不怕風雨〉就像無形的支柱，扶助與鼓舞著人們生出信心，重建家園。

不過，這樣一位極富影響力的作家，生前卻只公開發表過一篇童

話。因為在天災頻繁的時代裡，悲天憫人的宮澤賢治除了默默寫作之外，投入更多時間在改良農業技術、為農民爭取福利，以及推動日本基礎教育。

在勞心勞力為眾人幸福奔波之下，宮澤賢治很快就染病累倒了，以三十七歲的年輕歲數辭世。他的作品經弟弟與友人整理後，終於在讀者面前大放異彩，雖然大多數文稿仍在修改階段，尚未完稿，卻不減他文字的浪漫與情節的驚奇。

✧《銀河鐵道之夜》的綺麗與哲思

《銀河鐵道之夜》篇幅不長，卻包含了無限綺麗與哲思。故事從「銀河節」開始，男主角喬萬尼家境清苦，加上爸爸出遠門工作，久久未返家，因此喬萬尼從小就必須打工照顧臥病在床的媽媽。幸好當其他同學嘲笑和欺負他時，總有一位不棄不離的好夥伴——康帕內拉，會為他挺身而出。

這天，沒辦法參加銀河祭慶典的喬萬尼，在打工奔波後，累得倒在山坡上，望著滿天星斗。這時，他的耳邊居然傳來廣播報站聲：「前方到站：銀河站！」一回神，喬萬尼已身在一列小火車上，而他的好友康帕內拉正穿著溼漉漉的上衣坐在前方呢！

銀河旅途就此展開，他們經過北十字星、天鵝站，遇見在銀河灘岸挖掘化石的考古學家、捕獵技巧高超的捕鳥人，並且發現在銀河世界裡，白鷺與仙鶴竟是天河的沙子凝結而成，雁腿嘗起來就像巧克力一樣好吃。

目睹神奇的捕鳥過程後，一位青年家庭教師帶著男孩與小少女上車，原來他們先前遭遇船難，家庭教師看到船上的父母們爭著將孩子抱上救生艇、不捨吻別，於是決定緊緊抱著男孩與小少女，直到被海水吞沒。當天蠍火在窗外燃燒著讓人心醉的火焰，康帕內拉講了蠍子因許願捨身為大家帶來幸福，而變成一團火焰照亮夜空的故事。

接著，列車抵達南十字星站，也就是天堂的入口，許多乘客在此下車，車廂一下子變得空蕩蕩。喬萬尼與康帕內拉繼續討論著什麼才是真正的幸福，但一回頭，他竟發現康帕內拉已不見身影，因此嚎啕大哭，覺得自己陷入一片黑暗。

故事的結局，回到了喬萬尼睡著的那座山坡。喬萬尼醒後，看到橋邊聚集著一群人，他心頭一涼，上前詢問，竟是康帕內拉為了救落水的同學，被水流捲走，下落不明。河川下游映照著巨大的銀河，康帕內拉的父親告訴喬萬尼，出遠門工作的爸爸約莫今日就能返家，喬萬尼想要趕快告訴媽媽這個消息，朝家的方向跑去。

由文字幻化的星圖

闔上書本，這趟鐵道旅途並未就此結束，銀河之美在讀者心中由文字幻化成一幅前所未有的星圖，一景一物都教人驚歎與迷醉。例如銀河灘的沙是一顆顆小水晶，每粒水晶裡都燃燒著一團小小火光；銀河水比氫氣還要清澈通透，把手放到水中形成的水波，發出美麗的粼光。

作者還將動植物帶上星空：「鳥兒降落在天河沙上，爪子剛落，身體就像融雪般縮成扁平狀，不一會兒就如鍋爐傾瀉的銅水，在沙上滴落、散開，鳥兒的形狀還會殘留片刻，經過兩三次閃爍後，就完全消融成周邊的色調。」、「空中原野裡種滿了巨大的玉米株，一直延伸到地平線的盡頭，它們在風中婆娑著，氣派的捲曲葉子尖端掛滿露珠，像白天吸收充足日光的金剛石，燃燒耀眼的紅綠光芒。」不可思議的景色，全來自於宮澤賢治對天文的研究，以及最重要的——不落俗套的想像！

✧重思「幸福」的涵義

除此之外，宮澤賢治更希望大家能重新思考「幸福」的涵義。旅程剛開始時，康帕內拉的一句話：「不管是誰，只要做了真正的好事，就一定是最幸福的。」開啟了一路上兩人對幸福的討論。當喬萬尼遇上真誠的捕鳥人，想著若能成就他真正的幸福，哪怕一直站在天河原野裡捕鳥一百年，也無怨無悔。燈塔看守人也說過：「沒有人知道什麼是幸福，哪怕是再傷心的事，只要朝著正確的方向走，都是朝向真正幸福邁出的堅實腳步。」

就連天蠍火的由來，都與宮澤賢治的真實人生如出一轍：為他人的幸福而努力。當然，大家不用像康帕內拉一樣捨身救人，但若有一件事情是自己能力所及，又能讓他人展開幸福笑靨，何樂而不為呢？

我們曾在介紹《青鳥》一書時，分享了幸福的祕訣：用心體會。而在《銀河鐵道之夜》中，我們更能將幸福的定義推展出去：為他人帶來幸福，也將成就自己的幸福。就如同喬萬尼在旅程末尾，心有所領的對康帕內拉說：「哪怕我就在巨大的黑洞裡，也不害怕。我一定要去尋找大家真正的幸福。」

幸福的鐵路寫生——生活即景捕捉

展開一趟「幸福生活之旅」吧！邀請朋友一起搭乘隱形的幸福列車，自心靈之窗望出去，把生活中看到、體驗到「為他人帶來幸福」的事件記錄下來，完成一則「幸福寫生」。當作品蒐集愈多，也代表你的幸福愈豐富、愈綿長喔！

示範：
燠熱的夏天，在便利商店門口，哥哥一手拿著霜淇淋，津津有味的吃著，另一手牽著的妹妹露出羨慕的表情。哥哥一發現，沒有多問，將霜淇淋遞過去，妹妹舔了一大口，露出滿足的笑容，說：「哥哥也吃一口！」
望著這一幕，我感受到幸福是甜甜的、涼涼的，可以趕走所有苦澀和炎熱。

＊也可以用畫作呈現喔！

經典文學 8

知道自己的名字——《悲慘世界》的自我追尋

我們曾介紹法國大文豪雨果的《鐘樓怪人》，討論內在的善良才是決定一個人美醜的關鍵，並設計了一份「美醜問卷調查表」。

這次，我們將再度和雨果大師來一場文學之約，深度觀看雨果如何在《悲慘世界》這部動人作品中，呈現「人性」和「社會」兩大主題縮影！

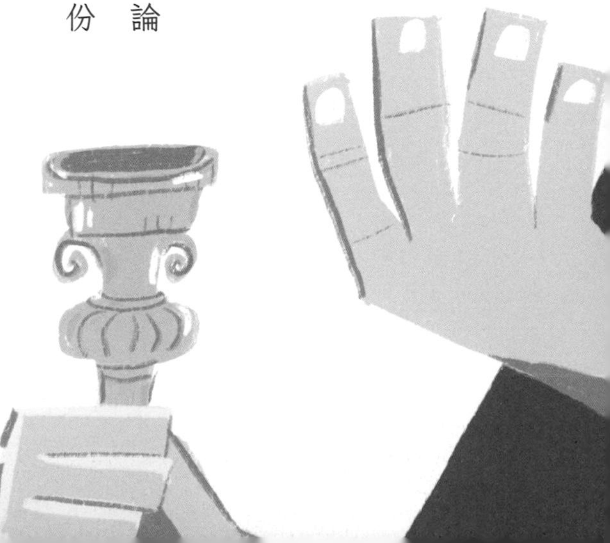

歷時二十一年生出的珍珠

不同於閉關五個月奮筆疾書完成的《鐘樓怪人》，《悲慘世界》誕生的過程就沒有那麼迅速。就像一枚海底之蚌，要生出一顆渾圓晶透的珍珠是急不得一樣，雨果從發想、擬訂寫作計畫到大功告成，經歷了二十一年之久；而這部動人的作品，確實不枉雨果投注的心血，除了各種翻譯版本之外，更被改編為卡通、音樂劇和電影，以不同形式繼續打動世人。

雨果決定要寫下這個故事的起因之一，是某個雪夜，他看見一名富家少爺故意對路邊一名貧困瘦弱的女子丟雪球，沒想到，在一陣扭打

後，警察居然只抓走沒有任何權勢的女子，幸好雨果出面作證，女子才得以獲釋。自此，雨果決定要為受苦的平民寫個故事。此外，早年也發生許多社會事件，例如一名偷竊麵包的犯人，出獄後受到一位主教幫助，洗心革面加入軍隊，展開新的征戰人生。當時的種種社會現象，都成為雨果創作的素材。

一八四〇年，雨果寫下創作計畫，想替受壓迫的人民發聲；但在一八四八年之後，投入革命的他因被追捕而四處流亡，中斷了寫作；直到一八六〇年，他才再次拿出當初的手稿，重新動筆，至一八六一年終於完成這部讓他念茲在茲的《悲慘世界》。

扣人心弦的悲慘世界

《悲慘世界》的故事是這樣的：一位名叫尚萬強的窮困男子，為了飢餓的外甥偷竊麵包而服刑十九年，他在獄中的編號是「二四六〇一」——痛恨他至極的警察賈維都是這麼叫他的。

尚萬強出獄後，因有前科，找不到落腳處，最後是好心的米里埃主教收留他用餐、過夜。當晚，尚萬強偷了主教的銀燭臺與餐具離去，隔日被抓回主教面前，主教卻稱銀燭臺與餐具皆是自己送給尚萬強的，並原諒了他。這一刻，正是尚萬強的人生轉捩點，因為主教的寬容與愛，讓他下定決心改過自新，不再是過去那個只有編號、沒有名字的罪犯「二四六〇一」。

為了展開新人生，尚萬強化名為馬德廉，創立工廠，讓無數的工人有穩定的收入，後來更成為一位好市長。工廠裡有一位女工名叫芳婷，為了工作賺錢，把女兒寄養在遠方的旅館，卻被旅館老闆敲詐，每個月必須支付高額撫養費，芳婷為此甚至出賣身體。一次，芳婷在街上不堪受富家少爺欺負而還擊，卻被警察賈維逮捕。雖然市長馬德廉出面相救，但可憐的芳婷已病體孱弱；在臨終前，馬德廉答應為她接回女兒柯賽特，將其視如己出，撫養長大。

同一時間在法庭裡，一位無辜的男子被誤認為是尚萬強，正等待受審。由於尚萬強在離開米里埃主教家時，陰錯陽差下，把一個小男孩的銅板踩在腳下而不自知，犯了竊盜和脫逃罪，於是這名倒楣的男子將被處以重刑。馬德廉市長聽聞此事，陷入了兩難：他是否要出面承認自己才是尚萬強本人呢？

反映人類社會的鏡子

關於這部分的情節，讓我們透過小說改編的音樂劇來繼續了解吧！

這部音樂劇由法國音樂劇作曲家克勞德・米歇爾・勳伯格和阿蘭・鮑伯

利共同創作，一九八〇年在巴黎首演就造成轟動，一連演了十六週才下檔，可說是近代歐洲最具影響力的音樂劇之一。

在第一幕的〈我是誰？〉（*Who am I—The Trial*）一曲中，馬德廉市長與自己坦誠相對，經過一番掙扎和取捨，最後決定上法庭澄清一切，使男子免受不白之冤。這首曲子十分感人，歌詞是這樣寫的：「我是誰？我能再一次永遠隱藏我自己嗎？假裝我再也不是從前的那個我了嗎？而我這個名字必須陪著我埋沒到死來脫罪嗎？」

馬德廉回想著自己的人生因為愛與寬恕而重獲希望和力量，在最後他激昂唱出：「我是誰、我是誰？我是——尚、萬、強！」並承認自己就是那個編號「二四六〇一」的犯人。其高亢歌聲相當震撼人心，觀眾彷彿跟著馬德廉市長重新正視自己、找到自己、勇於做回自己。

故事進行至此，還不及整部《悲慘世界》的一半，若繼續觀賞或閱讀，將更能體會雨果所言：「這部作品是一面反映人類的大鏡子。」至於反映什麼呢？隨著人物的遭遇，讀者將看見當時社會在法律、習俗、階級等不公平之處，而正是這些不公平，導致了一起又一起悲慘事件。雨果並非在宣揚「悲慘」，而是表達愛的重要，希望能喚醒社會的愛與關懷，這才是他真正的寫作目的。

從犯人到市長的悲慘世界

此外，從馬德廉市長高喊自己的真名：「尚、萬、強！」而決定坦誠面對自我，你是否感受到名字跟一個人的關係有多麼緊密？

從一出生，名字就像是一塊專屬的隱形招牌，時時刻刻跟隨著我們：你在心愛的物品、考卷或個人文件上簽下自己的名字，自我介紹時也一定從名字說起——但是，你真的了解自己的名字嗎？

就像孔子姓孔，名丘，是因為老父親認為這個兒子是從尼丘山向天神求來的；愛國名將岳飛出生時，一隻大鳥自屋頂飛過，於是被命名為「飛」，也是寄望他未來如大鳥般展翅高飛，前程似錦。

每個名字都有一段來歷，也許是父母絞盡腦汁想出來的，也許是算命師取的，或者是為了紀念某人某事。剛出生的小小主角，當然無法發表意見、參與決策，但從現在起，你也能好好認識自己的名字，在理解每個字的涵義後，除了替它編織一個精彩的故事之外，不妨把對自己的期許注入其中，讓名字成為伴你一生的座右銘！

知道自己的名字——名字聯想花

將你的名字填入表格中，翻翻字典，找出每個字代表的意義，並試著從畫面、涵義、諧音、故事四方面，進行一系列聯想。如此一來，這個名字將因為你曾那麼認真的為它思考，而與你產生更緊密的連繫喔！

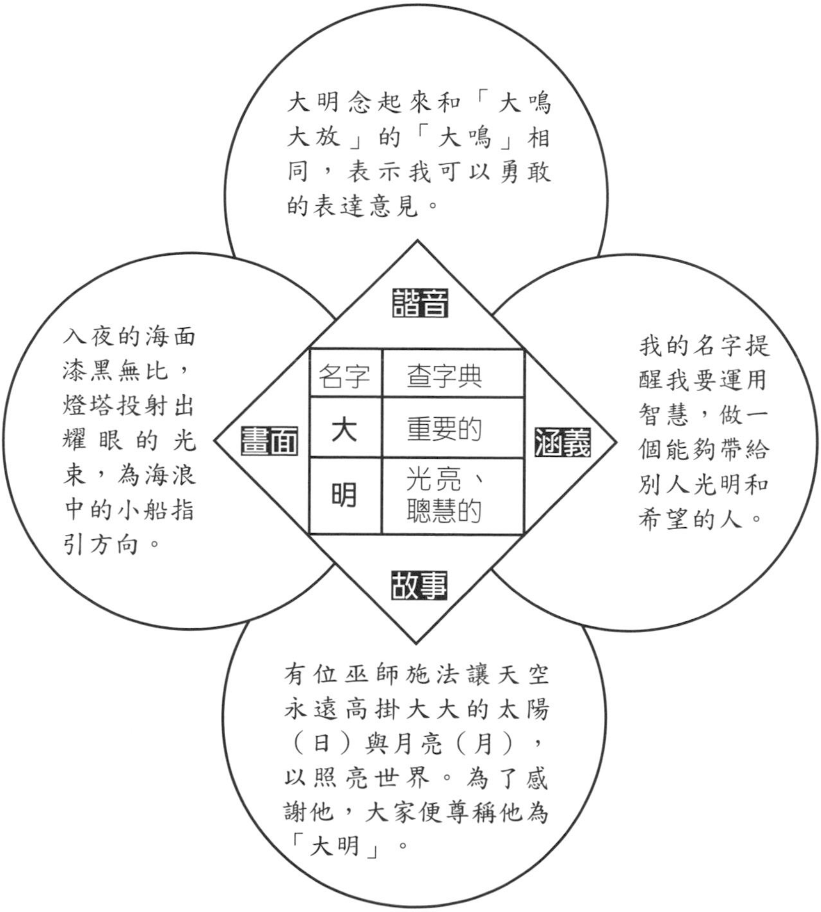
大明念起來和「大鳴大放」的「大鳴」相同，表示我可以勇敢的表達意見。
諧音
入夜的海面漆黑無比，燈塔投射出耀眼的光束，為海浪中的小船指引方向。
畫面
名字
查字典
大
重要的
明
光亮、聰慧的
涵義
我的名字提醒我要運用智慧，做一個能夠帶給別人光明和希望的人。
故事
有位巫師施法讓天空永遠高掛大大的太陽（日）與月亮（月），以照亮世界。為了感謝他，大家便尊稱他為「大明」。

經典文學
9

做真正的知音——孔子與音樂

我們常稱了解自己的朋友為「知音」，那麼你知道「知音」的由來嗎？

在中國春秋戰國時代，善於彈琴的伯牙走在回家路上，因受景色打動，便坐下彈奏一曲。這時，路過的鍾子期聽見了，便讚歎道：「您的音樂氣勢雄渾，我彷彿看到了高聳巍峨的泰山啊！」伯牙又彈一曲，鍾子期答：「這旋律奔騰如浪，有如浩瀚開闊的江海就在眼前。」無論伯牙演奏什麼曲

目，鍾子期都能從音樂中感受到伯牙想要表現的情感與畫面，知道琴音裡的心思，兩人因此成為莫逆之交，也才有了「知音」的典故。

孔子也是音樂高手

春秋末期，也有一個知道音樂在訴說什麼，並且熱愛音樂、重視音樂的人，那就是孔子。孔子是儒學傳統的第一人，也是中國歷史上最具代表性的政治家、教育家和思想家。他一生為傳揚「仁愛」的理念，率領眾多弟子周遊列國，期望遇見願實踐仁道的「知音」。

由孔子的弟子和再傳弟子編寫的《論語》，是認識孔子思想的絕佳途徑，也是炎黃子孫們從小習讀的經典，相信大家對於孔子的學習之道、仁愛之心、談禮論孝並不陌生。不過，你知道孔子也是一位音樂素養極高的人嗎？就讓我們從《論語》的篇章來一探究竟吧！

在《論語》〈述而篇〉第七節中，記錄孔子來到齊國，聽到盡善盡美的《韶》樂演奏，接下來的三個月，他仍陶醉在音樂之妙中，就算是最香的肉，吃起來也比不過音樂的美好，失去了滋味。孔子讚許音樂不只是演奏者令自己快樂的手段，更可以讓人一同感染這份愉悅；它不僅讓一個人有美好德行，也有端正他人品格行為的作用，因此感歎音樂的偉大！

音樂的美好，超越了口腹之欲的外在享受，滿足了孔子的心靈，光是一首曲子便能令他感動良久。你是否也曾受到某首樂曲打動呢？孔子說過：「一個人若沒有仁愛之心，那麼音樂要如何感化他呢？」所以，當音樂響起，除了打開耳朵之外，也要以柔軟的心聆聽，音樂才能走入你的心中，帶來最迷人的滋味喔！

音樂教化人心的功能

從孔子聽《韶》樂的例子可知，音樂之於孔子，不只是一項休閒或技藝，更有著教化人心的功能。在〈泰伯篇〉第八節，孔子說：「興於詩、立於禮、成於樂。」意思是詩可以啟發我們的心志情意，禮能教導我們立身處世，而音樂則涵養成就我們的性情。

孔子在周遊列國時，不斷強調以禮、樂教化和治理百姓的重要，他也曾說：「如果不重視推廣禮樂教化，法律刑罰就會執行不恰當；若是光靠不恰當的刑罰法律，百姓就會手足無措，不知該如何是好。」我們現在常可聽到一句話：「學音樂的小孩不會變壞。」也許正隱含這樣的思維，在音樂薰陶下，人們將修養脾性，消去暴戾之氣，社會也會更祥和安定。

不只如此，孔子學琴可是相當認真呢！《史記》中寫到，孔子向當時的琴藝大師「師襄子」學琴，彈了好幾天之後，師襄子認為已可教導下一首曲子，沒想到孔子卻說自己尚未學好。師襄子說：「你這首曲子彈得很好了！」孔子回答：「可是我還沒掌握到發揮自如的地步。」於是孔子又練習了一陣子，師襄子認為他精湛展現了曲子的抑揚頓挫，可再繼續往下學習，孔子又拒絕道：「我還沒了解音樂裡的情意和涵義！」

數日後，當師襄子覺得他已彈出樂曲意境，孔子又說：「但我還不知道這首曲子的作者是誰、長什麼模樣呢！」直到有一天，孔子放下了琴，侃侃而談：「啊！我在音樂中看到了作曲人的模樣，他身材挺拔，目光炯炯有神，有著能含納天下的胸懷。如果不是周文王，又有誰能做出這樣的樂曲呢？」師襄子一聽，立刻起身拜答：「的確！這首曲子正是《文王操》啊！」

✧從聽覺勾勒視覺心像

在音樂中，孔子不只是用心聽，更是用心看，正如西方樂聖貝多芬的《月光奏鳴曲》。

相傳受耳疾之苦的貝多芬，將這首曲子獻給當時他所深愛的貴族之女；但另有一說是，某天貝多芬循著鋼琴聲來到郊外平房，發現一位女孩正在練琴，這時風吹熄燭火，屋內一片黑暗，月亮從窗口投入一道銀光，貝多芬深受打動，即興創作出此曲。

德國詩人路德維希在聽過這首樂曲後，曾說：「我彷彿在月光閃爍的瑞士琉森湖湖面上，搖盪著一艘小舟。」這正是美好的音樂帶給聽眾的綺麗想像。在音符帶領下，閉上眼睛，你看到的畫面，將更豐富、鮮活，也因為在心中呈現出一幅幅「心景」，聆賞過程才會成為真正的享受。

唐朝詩人白居易也曾描寫船上女子撥奏琵琶的樂音：「大絃嘈嘈如急雨，小絃切切如私語，嘈嘈切切錯雜彈，大珠小珠落玉盤。」正是形容音樂時如驟雨直下，時如悄悄話般綿密，兩相交錯，就像大小珍珠一起擊落玉盤上。那清脆有致、快慢交揉的美妙音韻，是否從文字勾勒的畫面中顯露無遺呢？

一起發掘旋律下的故事

在國外，有個「看得見音樂」的畫家康丁斯基，他有一句名言是：「色彩是琴鍵，眼睛是琴槌，而心靈則是鋼琴的琴弦。」對他而言，音樂、繪畫都和心靈相通，因此在畫作中，他使用了不同的點、線、面，展現不同樂器的音色、音量，用色彩創造音樂的氣氛，例如黃色是明亮的小喇叭、紅色是強烈的鼓。在他的畫作前，我們像是掉入一場音樂盛宴，跟著音樂手舞足蹈！

當樂聲響起，洗耳靜心恭聽，做個真正的「知音」吧！你會和孔子一樣，發現音樂不只是音樂，在旋律底下，它有好多畫面等你感受、許多故事等你體驗，並在音樂結束後，帶回滿滿的感動！

做個真正的知音人

閉上眼睛，聆聽曲目，感受音樂中的氣氛，你的心頭浮現什麼畫面呢？除了用文字記錄之外，不妨拿出畫筆，畫出音樂中的風景。

曲名	氣氛	畫面	事件
大黃蜂進行曲（林姆斯基・高沙可夫）	緊張急切	一群蜜蜂正從蜂巢裡一湧而出。	原來是貪玩的小孩碰壞了蜂窩，於是蜜蜂們展開一場驅敵戰，極速飛行，追得小孩在公園裡到處逃竄。
給愛麗絲（貝多芬）			

經典文學
10

感官的「移形換影術」——少年要看《水滸傳》

有一句話是這樣說的：「少不看《水滸》，老不讀《三國》。」意思是少年血氣方剛，不適合看《水滸傳》，以免受到書中人物路見不平便拔刀相助的行事風格煽動，做出衝動莽撞之舉；而上了年紀的人飽經歷練，心思也較為深沉，倘若再讀《三國演義》，就怕一投入在書中的謀略爭鬥，變成了多慮狡詐的「老狐狸」。可是——少年不讀《水滸傳》，實在太可惜了啊！

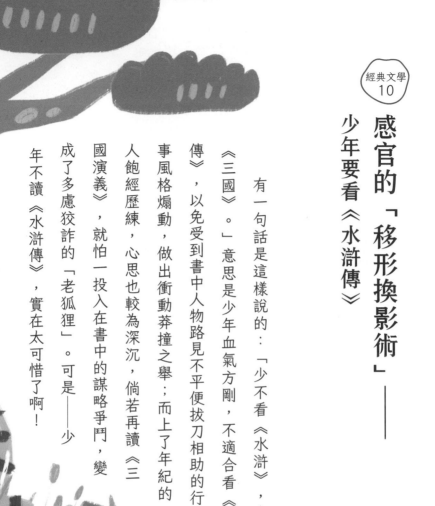

文學史上舉足輕重的《水滸傳》

先從中國文學的發展演進來說，《水滸傳》有著舉足輕重的地位。它是第一部以白話文書寫的長篇章回小說，在這之前，即便已有《三國演義》等長篇章回小說，雖其內容並不難懂，但仍屬於淺近的文言文，不像《水滸傳》這般生活口語化。此外，《水滸傳》的內容並非元朝作者施耐庵無中生有，這部小說之所以能形成，得從更早的宋朝說起。

宋朝民間已開始流傳宋江等人劫富濟貧、對抗貪官汙吏的事件，這些故事成為說書人的絕佳吸客題材，而且經過說書人的「加油添醋」，也多了很多精彩有趣的細節。宋末元初，出現《大宋宣和遺事》一書，

集結了相關故事，可說是《水滸傳》最初的「模型」。接下來，藉由元代盛行的雜劇，水滸英雄的故事被搬上舞臺，賦予更深刻的個性與情感。

綜觀一路發展，民間傳說、話本劇作都為施耐庵提供豐富素材，所以稱《水滸傳》是一部「世代累積的眾人之作」也不為過呢！

梁山英雄蕩氣迴腸

至於「水滸」又是什麼意思呢？水滸指的是「在水邊」，敘述北宋末年，奸臣握有重權，皇帝已如同傀儡，許多忠良之士受到迫害，百姓們也備受惡霸欺凌，日子苦不堪言。林冲、魯智深、武松等總共一百零八人，不是憤恨無法伸張正義之人，就是遭受不白之冤、無路可逃之士，紛紛集結在梁山上，打劫惡富貪官、扶助弱苦百姓。故事以梁山泊為主要根據地，因此也可以說，相對於朝廷，這些「水滸」好漢，代表了「在野」，是一股對抗腐敗權威的勢力。

由此可見，《水滸傳》的核心概念就是「官逼民反」，例如書中最主要的反派人物高俅，竟因擅長蹋球而受寵，高登太尉一職，亂掌軍政造成社會動盪，甚至因養子看上當時「東京（現今中國大陸開封）八十萬禁軍槍棒教頭」林冲的妻子，而策劃謀害林冲，這才將原本忠於朝廷的林冲「逼」上梁山。當身居上位的官員們紛紛失職，百姓卻必須承受惡果，便逼得人民揭竿而起，決定替天行道了。

小說的前半部，就是以「義」做為主軸，展現這群梁山英雄如何義氣互助、如何在亂世中發揚正義；到了小說的後半部，「忠」成為主要元素。由於宋朝當時還有外敵虎視眈眈，為解決此問題，朝廷便派人來「招安」，也就是統治者以籠絡方式使反抗者歸順，藉由讓梁山英雄為國家擔起平定亂事的重責大任，一方面得力於他們的武功與智謀，一方面也使這群反抗者轉為效忠朝廷。

然而，英雄們在一場場戰役中死去，活著的人也遭奸人陷害，水滸英雄最終走向凋零的結局。

超厲害的「人物描摹法」

清代文學家金聖歎曾說：「別部書，看過一遍即休，獨有《水滸傳》，只是看不厭，無非為他把一百零八個人性格都寫出來。」許多人讀《水滸傳》，折服於作者施耐庵描刻人物的功力，他更在意想不到之處動用了「描摹」的招數，讓情節更具感染力呢！

以「花和尚」魯智深為例，在他任職提轄官時，得知金姓父女受鄭屠夫欺負，決定給鄭屠夫一點教訓。魯智深前往肉鋪，先是點了十斤不可帶半點肥肉的瘦肉，接著又點了十斤肥肉，最後又叫了十斤不帶肉的軟骨。鄭屠夫被激怒了，兩人便在街上打了起來，最後鄭屠夫不敵他的三大拳，倒地斷氣，此後才有魯智深為躲避通緝，被迫出家及上梁山的故事。

這影響魯智深一生的三大拳可不是三言兩語帶過，我們就來看看施耐庵是如何描繪吧！魯智深的第一拳把鄭屠夫鼻子打歪了，「便似開了個油醬鋪，鹹的、酸的、辣的，一發都滾了出來。」第二拳正中眼眶，「也似開了個彩帛鋪的，紅的、黑的、絳的，都綻將出來。」第三拳直上太陽穴，「似做了一個全堂水陸的道場，磬兒、鈸兒、鐃兒，一起響。」

你發現了嗎？三個拳頭，作者分別從味覺（調味油醬）、視覺（彩色布帛）、聽覺（打擊樂器）刻劃，將鼻血直落那股什麼滋味都有的處境，以及眼冒金星、耳響雷鳴等情狀，淋漓盡致呈現，讓人看著懲罰惡人的過程，不由得大呼過癮！

✧快來試試「移覺」變換術

通常描寫出拳的場景，大多會著墨力道，例如「使出九牛二虎之力」，但能夠從其他角度加以摹寫、想像，例如拳頭一揮，對方腦袋裡馬上像有人在敲鑼撞鐘，震得各種聲音齊響，不只更為傳神，也帶來新意與驚喜。

仔細想想，我們對於事物的形容，是不是被「固定思考」限制住了呢？在大熱天裡，我們習慣直接從皮膚的感受（如汗流浹背）寫起；音樂響起，也必定從音色和旋律起伏開始描述。如果能用視覺或嗅覺，呈現酷熱天氣帶來的感受，或者用觸覺或味覺展現一首曲子，說不定會有截然不同的效果喔！

這種戲法就叫做「移覺」，例如唐朝詩人杜牧〈秋夕〉中的一句「天階夜色涼如水」，即是很好的示範，夜晚的天色應屬視覺感受，可是這裡改用觸覺，把夜色形容成像水般涼爽，果真為詩帶來一股清新感受；又如作家朱自清曾寫過一句：「微風過處，送來縷縷清香，彷彿遠處高樓上渺茫的歌聲似的。」嗅覺的香成了聽覺的歌，也巧妙傳達了氣味飄忽、無法捉摸之感。

瞧，「移覺」是不是很有意思呢？下回要刻劃感官體驗時，別忘了試驗看看隱藏在《水滸傳》中的移形換影術喔！

感官的移形換影術

別再只是中規中矩描寫感官經驗，讓我們把感官互相搬家，來一場「移覺」練習吧！請先找到你想刻劃的感官體驗，並協助感覺從「舊家」遷移到「新家」去吧！

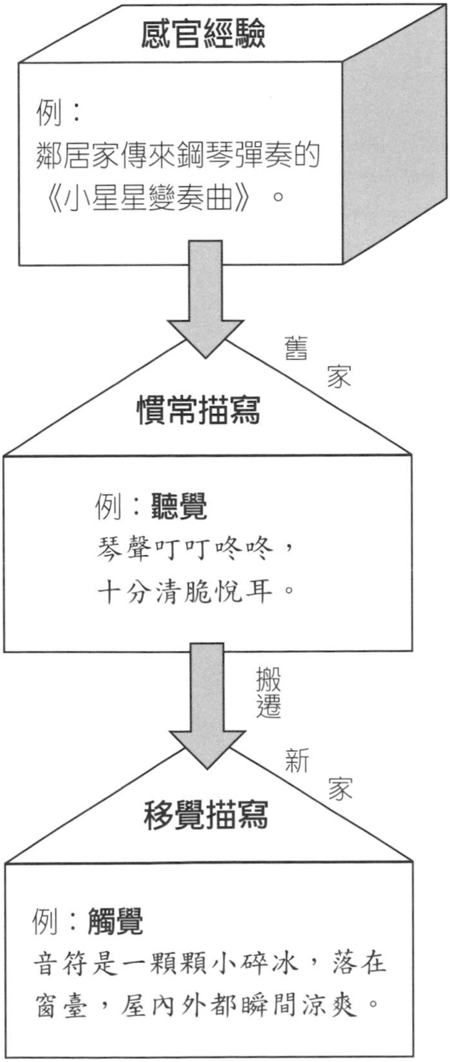
感官經驗
例：
鄰居家傳來鋼琴彈奏的《小星星變奏曲》。
舊家
慣常描寫
例：聽覺
琴聲叮叮咚咚，
十分清脆悅耳。
搬遷
新家
移覺描寫
例：觸覺
音符是一顆顆小碎冰，落在窗臺，屋內外都瞬間涼爽。

經典文學
11

釣起夢想的大魚——《老人與海》的人生象徵

有一首童謠是這樣唱的：「白浪滔滔我不怕，掌起舵兒往前划，撒網下水到魚家，捕條大魚笑哈哈。」也許我們擺動身體哼唱著這首歌時，不曾真正想過大海上的種種考驗，以及應付這些困難所需要的勇氣與智慧。海明威最具代表性的作品《老人與海》，正是細細描繪捕魚人和大海搏鬥的故事，展現一名「勇者」的形象。

執著的老漁夫

海明威是近代美國小說家，曾在第一次世界大戰時，擔任紅十字會的車隊司機，也曾在第二次世界大戰中，擔任戰地記者。他將戰場經歷化為靈感，寫下《戰地春夢》、《戰地鐘聲》二書；而《老人與海》則是海明威住在古巴時完成的作品，出版後造就四十八小時內銷售五百三十萬冊的紀錄，獲得一九五三年普立茲獎的殊榮，更成為一九五四年諾貝爾文學獎的得主。

《老人與海》的故事老少咸宜，海明威簡明寫實的筆法，更讓人有身歷其境之感。故事是這樣的：老漁夫聖提亞哥已有八十四天沒捕到魚

了，大家都說他是「倒楣的老人」。原本的好搭檔，也就是村裡的一位小男孩，被父母下令不得再跟老人一塊出海。老人並不因此沮喪，在第八十五天一早，準備好工具坐上船，打算抓尾大魚讓大家刮目相看。

到了中午，一條大魚吞下餌料，為了避免收線時魚兒掙扎導致翻船，老人讓大魚拖著船往海灣外而去，耐心等待牠跳出水面，再近距離決鬥。直至深夜，甚至是第二天，這條大魚依然倔強的游於深海處；不過，老人可絲毫沒動過放棄的念頭，不停為自己打氣，想著那位小男孩好夥伴來提振精神。

終於，在第三天早上，大魚靠近海面，示威般繞著船兜圈；老人高舉魚叉，算準時機，成功刺入魚身！大魚躍出水面，旋即一陣轟然巨響，又落入水中，老人驚歎無比——牠竟然比船還大呢！老人將魚綁在船的外側，準備回航，讓村人們開開眼界；沒想到，鯊魚群如強盜般出沒，輪番大口咬下魚肉，老人則拿起魚叉、刀子、船槳、舵把，與鯊魚奮戰。

一番拚搏後，鯊魚敗陣離開，可是原本的大魚也只剩下十八呎（約**五點五公尺**）長的骨架。老人載著魚骨頭回到村裡，累得將船停靠在岸邊便回家睡覺。隔日一早，魚骨頭四周已聚滿圍觀的人們，小男孩興沖沖跑去找老人，在他的眼中，老人是個大英雄，他決定再和老人一起出航捕魚！

✧與大魚拚搏的人生啟發

故事來到結局，也許你會替老人感到可惜，等待與奮戰這麼久，居然只帶回一副魚骨架，真是太不值得了！但是，換個角度想想，在大海上對抗一切未知的挑戰，老人雖未帶回甜美的收穫，卻不曾因為恐懼勞累或勢單力薄而投降——他戰勝了自己！我們常說「過程比結果更重要」，也是相同的意思，若是在過程中認真以對、全力以赴，那麼無論結果如何，都已是絕佳的表現。

你是否發現在《老人與海》中，藏著許多象徵，描繪出深刻的人生啟發呢？廣闊無邊的大海就像是我們的一生，它時而平靜，時而洶湧，充滿了各種可能；而我們都是這片「人生海洋」上的漁夫，滿心期待捕到一條大魚——這條大魚是我們整趟航行的最大動力與最終目標，也就是我們的「夢想」。無論是成為一位科學家、設計師、記者，或是挑戰單車環島、完成一幅動人的畫、救活枯萎小樹……為了它，我們願意花費時間累積實力，全心全意以求有朝一日能釣起這條「夢想之魚」。

然而，在追尋夢想的過程中，好運不一定永遠和你同一陣線，遭遇困難和瓶頸在所難免，例如鋼琴發表會的曲子，有一個段落你總是彈得不順；想成為賽跑選手，卻在練習時扭傷腳踝……這些考驗好比鯊魚，它會打擊你的信心、消耗你的精神，不過它也會激發你的鬥志、鍛鍊你的能力，使你在經歷這些挑戰後，更加茁壯、更為堅強。

✧追夢人的特質與工具

至於主角老漁夫聖提亞哥，具備了哪些「追夢人」的特質呢？當大家都說他是個倒楣的老人時，他選擇繼續出海，並且秉持「每天都是新的一天」、「我要做最好的準備，當運氣來臨時，我已準備好迎接它」等信念；在他為了拉緊釣魚線而抽筋，甚至是血流不止時，他也對自己喊話：「老頭，相信自己，不要害怕！」

勇氣與信心是老人永不動搖的信念，面對夢想，就算旁人不看好，他仍以行動證明自己。而故事裡的一句話：「一個人可以失敗，但不可以被擊敗。」更是感動不少讀者，提醒我們雖然結果未必成功，但是絕不能喪失奮鬥的意志。

當然，就像沒有那些魚叉、船槳、舵把，老人是不可能釣起大魚、趕走鯊魚，我們也需要一些實質的工具做為實現夢想的助力，包括想成為一位小說家之前，你得先閱讀過古今中外的經典名作，吸收大師的精華；或者未來的你想當工程師，那麼現在你所拼組的積木、模型，也是輔助你圓夢的工具。

心靈支柱也是關鍵

除了輔助工具之外，心靈支柱也是圓夢計畫的關鍵。當老人孤軍奮戰，他想起小男孩這個昔日搭檔：「我曾跟那孩子說過我是個不平凡的老頭，現在我要證明給他看！」與老人惺惺相惜的小男孩雖不在身邊，卻成為支持他的力量，安慰了他，鼓舞著他。只要能為我們送來溫暖、給予希望，便是堅固的心靈支柱，包括最了解我們的親友、適時給予指正的老師，或是心愛的舊娃娃、一首富有意義的歌……

在人生的大海上，你曾想過自己要釣起什麼樣的夢想嗎？是否思考過追夢航程中可能會面臨的波瀾與險阻？讓我們來訂定自己的圓夢計畫吧！從現在起，備妥我們的「釣魚工具」，在心靈支柱的扶持下，做個勇敢的「漁夫」，往美夢啟程。

《老人與海》圓夢計畫表

＊看完以下範例，也可以試著填入你的圓夢計畫喔！

大魚：夢想

我的夢想是成為一名獸醫。

釣具船槳：實質工具

寵物節目 → 觀察影片裡人與動物的互動方式。

動物百科 → 讓我對於動物們有更豐富的知識。

老漁夫：我

我的名字是王小夫。

我具備的特質

1. 細心
2. 有耐性
3. 心地善良
4. 認真投入

小男孩：心靈支柱

我家的狗 → 只要一回想我家小狗生病的模樣，我就會更堅定決心，要成為厲害的獸醫師。

鯊魚：困難

怕某些動物 → 慢慢嘗試，找到相處的訣竅。

念英文教材 → 從現在起，增進英文能力。

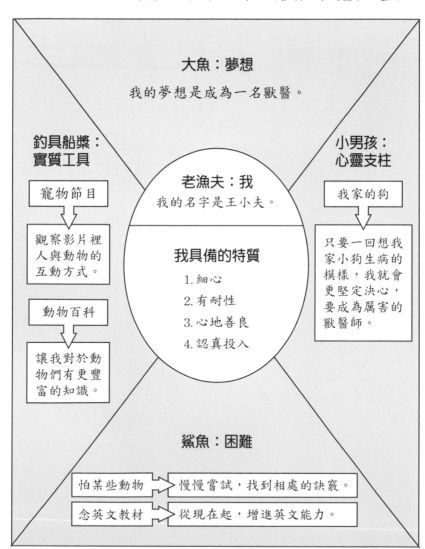

經典文學 12

一定要「加倍奉還」嗎？

《基督山恩仇記》的答案

許多賣座電影和影集都在討論「復仇」的議題，像是前幾年的火紅日劇《半澤直樹》，主角最經典的一句臺詞就是「人若犯我，我必以牙還牙，加倍奉還」！劇中，他因上司的自私和好大喜功，無辜背負上億債務，所以站在復仇的出發點，展開報復行動。

為什麼復仇這個主題對觀眾充滿吸引力呢？也許是在恩恩怨怨的牽扯中，人性的善惡真實展現，一方面引起共鳴，一方面隨著復仇劇碼推演，令人驚心動魄、大呼過癮。

在經典文學中，也有很多以復仇為主軸的作品，而《基督山恩仇記》絕對是「復仇界」的翹楚！

作品多產的大仲馬

《基督山恩仇記》的作者是一八〇二年出生於法國的亞歷山大．仲馬，因為他的兒子也是知名作家（經典作品《茶花女》的作者），大家便習慣稱他為「大仲馬」，稱他的兒子為「小仲馬」。

大仲馬擁有非洲血統，一頭蓬捲如浪的髮絲和茶色皮膚，使得他穿梭於文人聚會的身影更為亮眼。不過，大仲馬並未受過正規教育，一直到十三歲都還沒念過什麼書，長大後在朋友帶領下才開始接觸文學，就此點燃對於文學的熱愛，立志成為一名作家。

將近三十歲時，大仲馬因第一部劇本而聲名大噪，他的作品陸陸續

續在各地獲得迴響。他曾想投身政治，參與過一場立法選舉，但得票數低得可憐，使他從此放棄政治活動。不過，他也以另一種方式展現他對自由的訴求，那就是「辦報紙」。透過獨立發行報紙，他挑戰了當時對報章內容的審查制度。

大仲馬一生創作豐富，光是劇本就有九十多部，小說一百五十多本、文集兩百五十卷，甚至因為熱愛美食，還寫過烹飪詞典呢！

《基督山恩仇記》掀起搶讀旋風

《基督山恩仇記》是在什麼契機下誕生呢？大仲馬曾經到地中海狩獵，發現一座「基督山」小島，這新鮮陌生的島名像在召喚他以此地為小說場景，加上此處發生的走私與冒險事件，十分適合寫成精彩絕倫的故事。

此外，在大仲馬蒐集素材時，一起社會案件引起他的關注：一位剛訂婚的鞋匠，因遭到咖啡館老闆和三名鄰居嫉妒，被誣告為間諜而入獄七年。鞋匠在獄中認識了一名神職人員，對方將遺產留給了他；沒想到，鞋匠出獄後得知未婚妻竟已嫁給陷害他的咖啡館老闆，便偽裝身分至咖啡館工作，花了十年的時間，進行復仇行動，最後卻也因此而失去生命。

有了故事的雛形，大仲馬將真實生活融入其中，讓《基督山恩仇記》不只有引人入勝的故事，更多了改朝換代下百姓生活的丕變，以及對於政治界、金融界、司法界的種種社會刻劃，這都使得作品有了更細膩的情節、更恢弘的格局。

而這部一開始先在報上連載的小說，出刊後馬上掀起閱讀狂潮，有瘋狂粉絲甚至守在印刷廠前，或買通印刷廠員工，只求早一步讀到最新小說連載。

伯爵的人性復仇大戲

究竟是怎麼樣的故事，讓人如此欲罷不能呢？鄧蒂斯十九歲就當上船長，深受船主摩萊爾信賴，身邊也有美麗的未婚妻——美茜蒂絲。不過，他絕佳的能力與美好的愛情，引起船員鄧格拉斯和同樣喜歡美茜蒂絲的弗南特妒忌，兩人便聯手策劃誣告鄧蒂斯；而負責審理的檢察官維爾福也出於自私，將鄧蒂斯送進黑牢，一關就是十四年。

鄧蒂斯在獄中認識了法利亞長老，對方將所有的智識都傳授給他，使得原本平凡的鄧蒂斯變得學識淵博。長老臨終前，告訴鄧蒂斯基督山寶藏的埋藏地點；鄧蒂斯成功越獄後，果真獲得了寶藏，並靠著這筆財富，喬裝成各種人物，其中最重要的一個身分就是「基督山伯爵」。

鄧蒂斯先回到家鄉，報答有恩於他的人，包括拯救船主摩萊爾瀕臨破產的公司，也協助他的兒女有良好歸宿和發展，之後他的報仇大計就此展開。基督山伯爵先是讓貪財的鄧格拉斯因貪念而失去財產，接著揭發弗南特的惡行，使其妻離子散，甚至在房間內舉槍自盡，最後則是糾舉檢察官維爾福道貌岸然下的利慾薰心——他的妻子因想霸占財產而毒害家人，被發現後帶著兒子服毒結束生命，維爾福看見此景也發瘋了。

基督山伯爵十分了解這些人的自私、貪婪和險詐，人性的醜惡是他們最大的弱點，也成為復仇的成功關鍵。最終，他為摩萊爾的兒子、維爾福的女兒送上結婚禮物，並留贈一語：「切記著：等待，希望！」彷佛他苦難的人生終於在漫長的等待中，重獲生機。

✧比復仇更重要的事

其實，隨著基督山伯爵的復仇計畫一步步來到終點，讀者將會發現，雖然壞人自盡、發瘋和散盡家財的結局大快人心，種種的復仇舉動確實伸張了遲來的正義，但終究無法扭轉已發生的不幸。這也是為什麼當基督山伯爵有機會在戰鬥中殺死宿敵弗南特的兒子之際，卻不顧自己可能喪命，決定放他一條生路，最後甚至饒過鄧格拉斯，留下一筆錢供他另起新生活。

也許，到了故事的最後，基督山伯爵終於明白當初在牢裡法利亞長老說過的話：「我要寬恕這個世界——寬恕他們殺害我的罪過！」一味的復仇並不會讓仇恨終止，反而可能帶起新的對立與痛苦；只有放下報復的心，才能讓人生回復平靜，就像是一艘帆船航過風暴，終於駛在平靜的海面上。

有「中國大仲馬」之稱的金庸曾說：「基度山（基督山）伯爵的報恩報仇固然大快人心，但千方百計的圖謀報復而終於大仇得報之時，卻能以慷慨大度的人格和君子風度，合情合理的寬恕了仇人，那是更加令人感動。」仔細想想，那些復仇作品之所以吸引我們，有更大的原因可能在於主角一邊復仇，心境也一邊轉換、昇華，讓我們得以看見，除了仇恨之外，人性還有更美好、光明的一面，那才是最激勵人心的部分！

恩重如山——我的報恩計畫

鄧蒂斯成為基督山伯爵後，運用山裡的寶藏，回饋有恩於他的人們。其實，不只是這些珠寶鑽石，小說中最大的寶藏在於鄧蒂斯內在的正直、溫柔與慷慨，以及他用智慧為恩人們打開美好未來的大門。現在也請你想想，生活中曾受到哪些人的幫助？而你擁有什麼能力，以及如何運用這些無形的寶藏，回報你的恩人們呢？

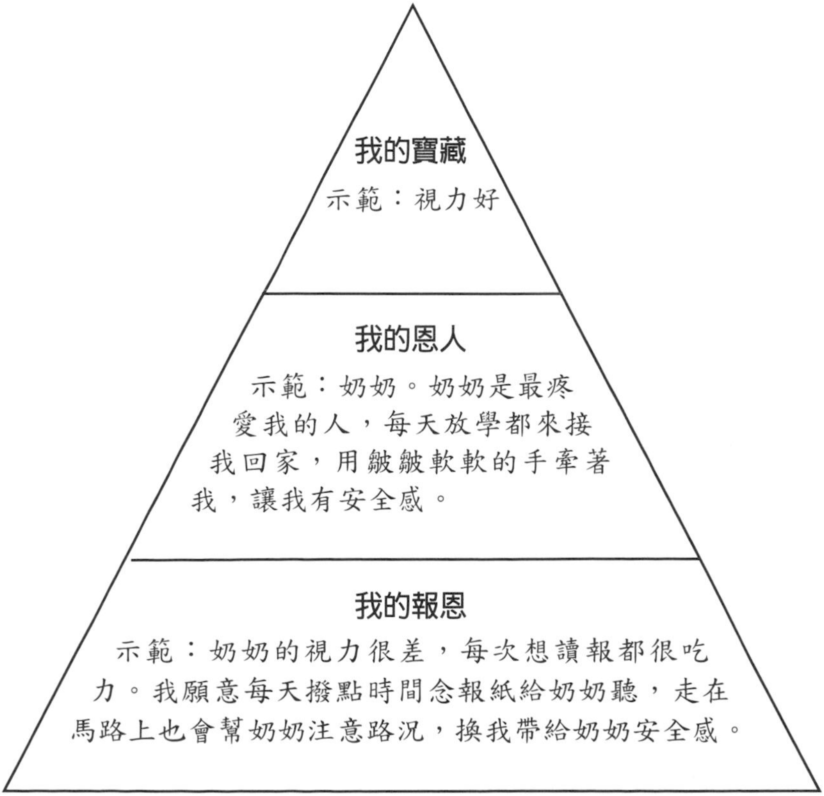
我的寶藏
示範：視力好
我的恩人
示範：奶奶。奶奶是最疼愛我的人，每天放學都來接我回家，用皺皺軟軟的手牽著我，讓我有安全感。
我的報恩
示範：奶奶的視力很差，每次想讀報都很吃力。我願意每天撥點時間念報紙給奶奶聽，走在馬路上也會幫奶奶注意路況，換我帶給奶奶安全感。

○○○的恩情基督山

進階區

建構人事物小宇宙

難度

經典文學
13

人物狗仔隊——《世說新語》的形象鏡頭

翻開報章雜誌，名人總是難逃狗仔記者的「追捕」，花邊新聞、小道消息不斷，這些八卦事件一次次為這些版面人物打造形象：緋聞不斷的談情高手、夜夜狂歡的享樂分子、一毛不拔的鐵公雞等；或者是挖掘出陳年往事，讓讀者恍然大悟：喔，原來這個人今日如此，都是因為曾經發生過這樣的事情啊！

八卦內幕替不少讀者帶來消遣，事件主角也成為眾人茶餘飯後的話題。在中國魏晉南北朝，也曾有一本如八卦雜誌般精彩的書喔！

文士團隊傳世之作

不同的是，現在的八卦新聞喧騰一時，很快就被人淡忘，魏晉南北朝的這本書卻擁有穿越時空的價值。比起現今「狗仔隊」光憑相機鏡頭的捕風捉影，此書記錄的名人軼事，除了來自眼見或耳聞，更有足夠的史料記載，才匯整出這本由東漢至東晉的「名人形象大全」——《世說新語》。

書中包含兩百多年歷史、超過六百個人物，光靠一位作者網羅情資、統整編寫，當然是分身乏術，因此《世說新語》是一本團隊協力之作。「團隊總召」劉義慶是南朝宋開國君主劉裕的姪子，他擁有皇親貴

族的身分，能力又卓越超凡，年紀輕輕就擔任重職，十四歲受封輔國將軍，二十七歲官及副宰相。

不過，劉義慶熱愛文學，並不熱衷政治，加上他看到皇室為奪權而惡鬥，於是在三十八歲那年，決心投入寫作，召集多位文士，費時多年，完成這本傳世之作。

✧分門別類的人物故事

《世說新語》共有一千多篇，但它可不是籠統的大雜燴，為了讓讀者既能於一則故事裡窺見人物風貌，又能博觀人性百態，劉義慶與他的團隊將所有故事分為「三十六門」，例如屬於品德修養方面的有〈德行〉、〈自新〉，討論才華天賦的有〈言語〉、〈政事〉，談及個人情感表達的有〈豪爽〉、〈忿狷〉（憤恨與急躁），描寫日常生活的有

〈容止〉（儀容舉止）、〈仇隙〉（仇恨與結怨），井然有序的文章分類，使讀者能在最短時間內掌握人物形象，投入精彩的文字敘述中。

其實，許多大家耳熟能詳的故事，都是出自《世說新語》喔！例如「除三害」的周處，就被放在〈自新門〉，述說原本是地方小惡霸的周處，聽聞鄉里有三害，自告奮勇除去猛虎、蛟龍兩害後，發覺自己就是人人最懼怕的第三害，當下痛改前非，不再欺侮里人，自新成為善人。

而以「讓梨友愛」故事聞名的孔融，則出現在〈言語門〉。小小年紀的孔融獨自拜訪太守府，他從容不迫的自我介紹，在場賓客無不讚許他的機智勇敢。這時，一位客人用酸溜溜的口吻說：「小時候聰明，長大可未必一樣厲害喔！」孔融不慌不忙接道：「您小時候想必十分聰明吧！」不但幽了對方一默，讓原本想調侃他的客人吃了軟釘子，更顯現出他靈活的思辨和口才，這便是現代常用的諷刺之言「小時了了，大未必佳」的由來。

✧用對話與動作勾勒形象

除了可做為效法的模範之外，《世說新語》裡也有許多活靈活現的詼諧奇趣人物。

例如有個為酒痴迷的人，名叫劉伶，只要一日不喝酒便痛苦難耐，某天他傷心的妻子哭著說：「求求你，為了身體，把酒戒了吧！」劉伶一聽，信誓旦旦的答應她：「好，那妳先準備一些祭品，我要對神佛立誓才戒得成。」妻子高興的處理祭拜所需，未料等到酒肉都擺好後，劉伶竟跪向神桌說：「老天生我劉伶，把酒當作命，一喝就是十斗酒，然後再喝五斗酒來解除酒醉的不舒服。所以，婦人說的話，千萬不要聽啊！」一說完，又故態復萌，喝得酩酊大醉。

如果你是《世說新語》的主編，你會將嗜酒成癮的劉伶放在什麼樣的分類呢？是〈說話不算話門〉，還是〈賴皮門〉？劉義慶將他收錄在〈任誕〉一門中，意指行為放任、荒誕的人，是不是也很合理呢？他口口聲聲說要對天發誓戒酒，原來是為了圖得另一桌酒肉來享受呢！

《世說新語》的故事都不長，在短短篇幅裡，沒有多餘贅字，透過幾句生動對話、幾個鮮活動作，就將一個人放縱荒唐的形象表現得淋漓盡致。

讓我們再來看看〈容止〉中的另一則趣事：古代有一男子何晏，姿態優美迷人，臉色白皙，連魏明帝都懷疑他擦了粉。為了一探究竟，魏明帝派人在炎炎夏日送上一碗熱湯麵，打算讓何晏吃得汗流浹背，妝容脫落，自然顯露「素顏」真面目；沒想到，當何晏終於忍不住用衣服拭汗，臉色反倒更皎白透亮。

《世說新語》的編輯團隊並未花費很長的篇章，用力描繪何晏的膚質之好，反而藉由一場小小的惡作劇、一個擦汗的動作，帶出更強烈的效果，讓人感受到那熱烘烘的臉蛋是如何在紅暈中更顯白亮。從現代的眼光來看，這根本就是絕佳的保養品廣告，不需一再強調保養成分和功效，只要在何晏擦完臉的瞬間，那關鍵的畫面已說明一切，保養品的效果馬上不言而喻囉！

開始觀察身邊人物吧！

你發現《世說新語》打造人物形象的祕訣了嗎？當你想凸顯出一個人的特色和性情時，不妨省略死板的說明與介紹，直接以行動、舉止、對話來呈現，就像描寫一名獨行俠時，敘述他在一場熱鬧的同樂會中，始終不願開口和大家歡唱，遊戲時間甚至鑽進桌子底下，陸續有三人彎腰邀請他，他仍不肯從桌下出來參與大家，是否比「性情孤僻」、「沉默寡言」這種籠統的形容詞生動多了呢？

別只是當個捕風捉影的「狗仔」，從身邊的人物開始觀察，練習記錄他們言行最具特色之處，你的筆將會如相機鏡頭，能夠捕捉最精彩傳神的一刻喔！

人物狗仔隊——形象編輯臺

仔細觀察身邊的人物，從一言一行中，找出他們的特色，為他們畫一張大頭照，依其個性、特長、生活表現等，將他們分至不同門類，並舉一則最能展現此特色的事件。

人物	特色分門	事件
例如：陳天天 	樂觀門	陳天天從不抱怨，例如忘了帶傘卻下雨的日子，人們一臉焦慮無奈，他卻站在騎樓，開心說道：「難得可以停下來，欣賞來來往往的人潮，看著街道開出一朵朵傘花，真是可愛極了！」

經典文學
14

友誼小屋——《柳林中的風聲》與「家」

你曾在動物園或生物圖鑑裡，看過蛤蟆、水鼠、鼴鼠、獾等動物嗎？

也許牠們被畜養於不同園區、收錄

在各自綱目分類中，你得逛過一區又一區、翻過一頁又一頁，才能一一見識牠們的模樣與生活樣態。

不過，在英國作家肯尼斯．葛拉罕的《柳林中的風聲》裡，這些動物不分你我，在大自然一塊兒「樂活」，成為彼此生活中最美的元素。

因兒子而誕生的美好作品

一八五九年出生於英國的肯尼斯．葛拉罕，童年過得非常不快樂。五歲時，母親因病過世後，父親便開始酗酒，再也無法好好照顧他與兄弟，因此他們被送到位於南英格蘭的祖母家，由親戚收養。

雖然肯尼斯．葛拉罕長大後有機會就讀牛津大學，但學費過於昂貴，他只好忍痛放棄，開始了銀行祕書的工作生涯。不過，在工作之餘，喜歡文學的肯尼斯．葛拉罕也陸續發表與出版作品。

肯尼斯．葛拉罕娶妻生子後，十分疼愛他的獨子，從兒子七歲開始，天天為他說鼴鼠與朋友們的故事。某年夏天，肯尼斯．葛拉罕安排

妻子帶兒子去避暑調養身體，兒子卻不從，理由是離家後就聽不到故事的發展了。為此，肯尼斯．葛拉罕每天寫下鼴鼠和朋友們發生的事情，寄出後由妻子轉述給兒子聽。

《柳林中的風聲》一書就這樣誕生了，這不只是他的兒子最喜歡的故事，更受到全世界大、小朋友的傾心，就連當時的美國總統羅斯福都特地寫信給他，說自己一口氣把這本書讀了三遍呢！

北歐森林與四位動物朋友

大概是從小在祖父母家長大，受到田園景物薰陶，肯尼斯．葛拉罕格外熱愛自然，對動物也頗有研究，美好的鄉間景致如畫作般刻印在他心上，再從筆尖點滴流淌，成為一彎悠悠河水。

《柳林中的風聲》場景正是如詩如畫的北歐森林，作者讓季節在森林與河岸間遞嬗：初春，細聽小草抽芽的聲音，緩緩流動的河水是優閒散步的紳士，而水花正搖晃著裙襬大跳西班牙舞；夏日，黎明時分，河畔白霧迷濛，突然，光芒包圍了原野、河與天，太陽自樹叢蹦出，花朵陸續站上舞臺，舉辦一場有「香」有色的夏季公演，動物們還在仲夏夜晚，遇見原野的守護者「牧神」，發出夢幻般的歌聲；秋季，麥田換上金黃新裝，山梨樹抹上胭紅，鳥群的大合唱剩下稀落歌聲；直到綠葉落盡的冬天，冬眠的原野如孩子踢翻棉被，露出熟睡的小肚子……

這些描述是不是令人迷醉呢？除了以生生不息的大自然做為場景，四位動物朋友們更是讓人對故事進展欲罷不能的主因：熱情聰敏的水鼠華拉、善良忠誠的鼴鼠安安、自負不羈的蛤蟆戴利，以及具有俠義精神的老獾，四「人」友誼令這座森林充滿活力與希望。

✧友誼的可貴與真義

鼴鼠安安與水鼠華拉初相遇時，水鼠截然不同的生活方式，讓安安大開眼界。華拉不但無私分享水上生活的樂趣，還介紹牠與河岸、森林裡的朋友們認識。

之後，安安獨自展開「野森林探險」，卻迷失方向；當華拉發現安安的腳印時，毫不遲疑的拿起棍子和手電筒就上路搜索，果然找到虛弱得躲在樹洞中的安安。還有一次，安安聞到熟悉的氣味，想念起老家，不禁嚎啕大哭，華拉馬上成為最有力的支柱，在嚴寒的冬天鼓勵著安安，一塊熬過漫長路程，回到「安安小築」。

不僅是安安與華拉的相互體諒與支持，故事中也可看到友情並非一味附和彼此，除了包容之外，朋友更應該當一面明鏡，讓夥伴正視自己的盲點與缺失，並幫助他改善及進步。就像華拉也曾羨慕旅鼠閱歷豐富、見多識廣，認為自己定居在田野河岸的生活不值一提，是安安適時點醒他，讓他那顆遠颺異地飄忽的心，又回到溫暖家園。

此外，愛慕虛榮的蛤蟆戴利雖然心地不壞，對朋友也還算慷慨，但自以為是的個性總是惹禍上身，甚至被關進監獄，展開荒唐的逃獄過程。大家為了「矯正」他容易得意忘形的毛病，費了許多心力：雖然他數度再犯，朋友們卻從未放棄他。

而戴利入獄期間，祖傳大廈被黃鼠狼一夥霸占，是老獾與安安餐風露宿守候，想盡辦法保住戴利的家。處事有條不紊的老獾像是一名領導者，冷靜策劃周延的奪屋大計，細心的華拉為大家打點裝備與食物，安安更喬裝成洗衣婦，故意先放出風聲，分裂敵軍陣營。在老獾的帶領下，這群朋友順利趕跑黃鼠狼，奪回大廈。歷經種種風波，戴利終於一改以往的炫耀心態，變得謙和有禮。

✧你的好友各有哪些特質？

有句諺語是：「在家靠父母，出外靠朋友。」出門在外，是朋友為我們打造無形的「家」，令我們有歸屬感，不再感到孤單。個性沉著且有領導風範的朋友如大門，協助我們釐清思緒，給予最好的建議；愛冒險的朋友像一扇窗，將世界的驚奇帶到我們眼前；無私體貼的朋友是屋頂，擋下烈陽和風雨，令人感到安心無懼；至於溫柔忠誠的朋友，則似屋內一張舒適的沙發床，使我們忘掉煩憂，心靈得以自在歇息。

雖說「物以類聚」，但一群朋友一旦相互深入了解，還是能找出各自的風格與特色，也因為這些不同之處，相處起來才別有滋味。放眼廣受歡迎的卡通也是如此，例如《櫻桃小丸子》中，糊塗浪漫的小丸子、理性細心的小玉、大方瀟灑的花輪、憂鬱犀利的永澤、耍寶第一的濱崎……好友們就像是各有凹凸的拼圖，彼此互補便能激發出更多的友誼火花。

下次閱讀《柳林中的風聲》或其他講述一群好友的故事時，不妨仔細觀察每個人物的特色，以及他在這段情誼裡扮演的角色、發揮的作用，是不是也和你與朋友的關係一樣，共同相知、扶持，讓你願意永遠與他們在一塊，就像——一個甜蜜的家。

來蓋一棟「友誼小屋」

若說友誼是一棟遮風避雨的隱形房屋，你覺得你的朋友們各自是這棟屋子的哪一部分呢？請依照每位朋友在關係中扮演的角色，或是你覺得每位朋友最重要的特質，來完成這棟「友誼小屋」，也別忘了幫自己找一個位置喔！

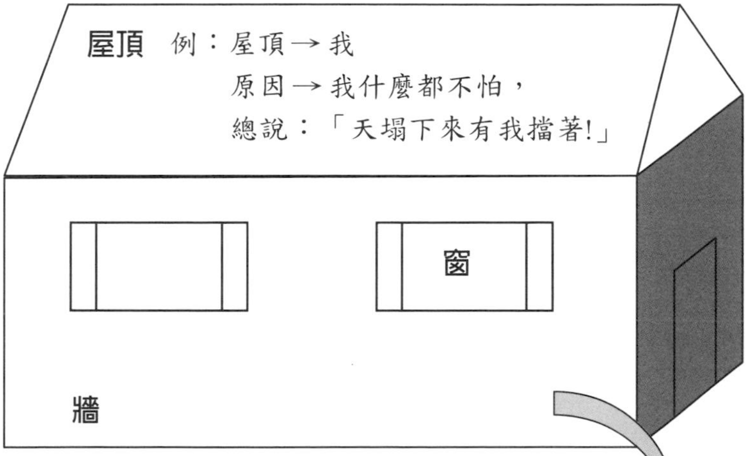
屋頂
例：屋頂→我
原因→我什麼都不怕，
總說：「天塌下來有我擋著!」
窗
牆

屋內擺設：

例：燈→妮妮

原因→妮妮是個心地溫暖的女孩，特別是每當我灰心時，她就像燈，帶給我光明和希望。

經典文學 15

解夢還須做夢人——唐代「傳奇」

令人驚奇的情節離奇故事，叫做「傳奇故事」，我們也常會以此形容非比尋常的人或事物，例如「他從絕境翻身，成為眾所景仰的英雄，真是一則活生生的傳奇啊」！究竟，「傳奇」是什麼呢？

唐朝太平盛世造就「傳奇」

「傳奇」起源於唐朝，指被人傳述的奇特事聞。在「傳奇」之前，魏晉南北朝已有所謂的「筆記小說」，例如我們曾介紹過的《世說新語》就屬於「記人」的筆記式小故事。不過，「傳奇」不再只是短小簡略的作品，它的篇幅更長，可達數倍，加上情節細膩，劇情往往一波三折，搭配豐富多元的題材，格外打動普羅大眾，因此「傳奇」可說是中國小說創作的一大里程碑呢！

為什麼「傳奇」會在唐代流行呢？這與當時局勢太平有關。在唐太宗李世民的統治下，農商繁榮，經濟穩定，為文學發展提供了良好的

條件。此外，唐朝讀書風氣極盛，培養出許多文人，創作膾炙人口的唐詩，以及扣人心弦的「傳奇」故事。

原來，當時以科舉考試選拔官職，考生們常將作品集結成冊，請有名望的人幫忙向主考官推薦，這種被稱為「溫卷」的風氣，也促使這些為了充實作品集的文人們開始撰寫一則則「傳奇」。接下來，就讓我們認識唐代「傳奇」中有哪些主要內容吧！

婚戀、豪俠皆為主題

唐朝時期，各地民族交流頻繁，受到不同文化影響，婦女不再被傳統的男尊女卑觀念束縛，轉而享受更多自由，加上唐朝出現中國歷史上唯一的女皇帝——武則天，婦女的地位更是大大提升，如此開放的風氣下，女性勇敢追求愛情，自然也孕育了浪漫動人的「婚戀」傳奇。

白行簡的《李娃傳》，便是敘述一名官員的公子，在參加科舉考試的路上，邂逅了美女李娃，對她一見鍾情。公子放棄應考，與李娃母女同住，一段時日後，原本所帶的盤纏用盡，僮僕、馬車、珍寶也全數典當。既然公子已身無分文，李娃與母親便用計棄他遠去，從此公子只能靠著替喪家唱輓歌營生。公子在偶然間被父親發現，父親見兒子潦倒至此，氣得將他鞭打到昏死，棄於街頭。滿身爛瘡的公子淪落為乞丐，在一次叩門乞討時，前來應門的竟是李娃。李娃見公子慘狀，心中自責不已，不顧母親反對，收留公子養傷，等到他恢復健康後，更鼓勵他認真讀書，重新參加考試。在李娃的幫助下，公子最後順利考取功名做官，不但與父親和好，還正式與李娃成婚，李娃也受封為「汧（ㄑㄧㄢ）國夫人」，成為千古美談。

這麼曲折的故事，比起今日的連續劇，是不是有過之而無不及呢？

除了婚戀，「豪俠」也是傳奇作品裡多所著墨的主題。自唐太宗的「貞觀之治」、唐高宗「永徽之治」、武則天「貞觀遺風」及唐玄宗的「開元之治」，唐朝經歷幾百年盛世，直到安祿山發動「安史之亂」，各地勢力擁兵自重、戰亂連連，無助的弱者只能寄望著俠士出現，為小老百姓伸張正義。

動盪不安的社會催生了豪俠傳奇，間接表露百姓的心聲，例如《虬髯客傳》描刻出正直豪爽的俠士形象，就是相當振奮人心的故事。

以「夢」說故事的警世傳奇

而以「警世」為宗旨的傳奇，至今仍為人津津樂道。唐朝佛道二教盛行，佛教有玄奘耗時十九年遠行取經、武則天大興工程打造巨大佛像，以及唐憲宗迎佛骨至長安，大大小小佛寺總數上萬；道教則一直受到皇室尊崇，尤其是唐武宗曾煉丹以求長生不老、修道成仙。無論佛教或道教，勸惡行善的理念是相同的，加上唐代中後期時局動盪，官員惡鬥、政治腐敗，文人紛紛以「傳奇」刻劃官場虛假，以達警世作用。

特別的是，一些警世傳奇不約而同以「夢」的方式說故事。你知道成語「黃粱一夢」、「南柯一夢」嗎？它們正是出自兩則諷刺官場的傳奇。

「黃粱一夢」源於沈既濟的《枕中記》，敘述一名不得志的書生，在旅店和道士聊天，對自己有志難伸的窮困人生大吐苦水。道士拿出一個枕頭，說：「枕著它睡一覺吧！你將得到榮華富貴。」書生準備休息時，旅店主人正烹煮著黃粱飯。

睡夢中，書生夢見自己娶了大戶人家的美麗女兒為妻，不久考中進士，連連受到提拔，還在戰爭中立下功勞，一路升遷，當上宰相，位高權重，良田、豪宅、駿馬無一不備，卻突遭同事陷害入獄，流放多年才平反，再度封官位。他的兒孫也都考取功名做官，榮華富貴享用不盡，直到歲數極大才死去。

當書生醒來，旅店主人的黃粱飯都還沒煮熟呢！書生當然失落又驚訝，嘀咕著：「難道一切只是一場夢？」一旁的道士答道：「人生所追求的，不就是夢幻泡影嗎？」

來玩「造夢」遊戲

透過書生的短暫一夢，「傳奇」不只諷刺官場腐敗，更點出名利財富皆為虛幻，為那些一味追求功名的讀書人，敲響了一記醒鐘。

而這故事是否讓你想起「日有所思，夜有所夢」這句話呢？心理學家佛洛伊德說：「夢是通往潛意識的道路。」那些令人魂牽夢縈的事物，在我們入睡後，常會來到夢中，也許是好好犒賞我們一番，讓我們如願以償做個美夢；也許是繼續讓我們苦苦追索，窮追不已。甚至，有些未解的疑問到了夢裡，我們會替自己解答，這也是為什麼有人認為夢是一種預兆，總是認真的解析夢境，希望從中獲得提示與啟發。

你做過什麼奇特的夢呢？是否和現實生活有所呼應？夢醒後，你曾試著解釋分析自己的夢嗎？就讓我們來玩「造夢」的遊戲吧！你可以當「傳奇」故事裡的書生，也能當那名道士，讓夢成為解開疑難雜症的那把鑰匙唷！

GAME 15 遊戲換你玩

夢的處方箋

當個做夢人，也當個解夢人吧！或者，你可以和朋友一起完成，先寫下你的「現實疑難雜症」後，請另一人來編造夢境，完成「夢境對症下藥」一欄，最後再由自己於「夢境藥效分析」中，思索夢的涵義。

「現實疑難雜症」：生活中縈繞心頭之事，即是《枕中記》中書生對貧窮的抱怨。

「夢境對症下藥」：夢中發生的事件，也就是《枕中記》裡書生夢見做官後的一生。

「夢境藥效分析」：品味夢境的心得，如《枕中記》最後書生對「富貴虛空」的體悟。

夢的處方箋

【現實疑難雜症】

例：和最好的朋友小花在爭執之後，冷戰了一星期，讓我好難過喔！

【夢境對症下藥】

例：夢中，我變成一顆石頭，靜靜躺在海岸，沒辦法說話，只能聽著浪潮聲與人們的對話。有天，小花來到海邊，坐在我身旁，對著大海訴說心事，我才發現，原來之前的事件是我誤會她了。看著她那麼難過，我不斷用力大叫：「我在這裡呀！」卻怎麼也喊不出聲音……

【夢境藥效分析】

例：醒來後，我想自己應該多多聆聽他人，學會體諒，才不會傷害到愛我的人。明天，我就要向小花道歉！

經典文學
16

不只是場景的場景——
《簡・愛》的空間心理測驗

《哈利波特》作者J・K・羅琳在二〇一三年四月，化名為羅伯特・加爾布雷斯，以男作家的身分發表了一部偵探小說。雖然一開始銷量遠遜於《哈利波特》，但馬上有書評人起疑：一個初出茅廬的男性作家，能那麼細膩寫出女性衣物的細節嗎？揭曉身分後，曾拒絕幫羅伯特・加爾布雷斯出書的編輯還大嘆自己「看走眼」呢！為何要隱藏身分寫作呢？J・K・羅琳坦言：「用化名寫作讓我嘗到解放的滋味，不用大肆宣傳，也不用面對讀者的期待與壓力。」

J．K．羅琳為重新體驗書寫的自在而化名為男作家，並非創舉；早在一百六十多年前的英國，就有沒沒無聞的三姊妹作家，也分別以男性筆名發表作品喔！

化身男性作家的勃朗特三姊妹

這些作品如今仍被視為經典，文壇也早已恢復她們的身分並給予重視，她們就是勃朗特三姊妹。她們和J・K・羅琳的不同，在於化名的原因——一百六十多年前的英國社會，男女地位懸殊，就連文學圈也有性別不平等的現象，儘管勃朗特三姊妹熱愛創作，三人合著的第一本詩集卻不受青睞，僅僅賣出兩本，一位大詩人甚至批評：「文學不是女人的事情，妳們沒有寫詩的天賦。」

但她們並未停筆，反而各自投入創作長篇小說，為了不讓嘔心瀝血的作品受性別偏見影響，才以較為陽剛的名字發表，分別是庫瑞爾・貝

爾的《簡・愛》、艾利斯・貝爾的《咆哮山莊》和阿克頓・貝爾的《艾格尼絲・格雷》。

其中，年紀最長、化名為庫瑞爾・貝爾的夏綠蒂・勃朗特就是這次要介紹的作家，她的《簡・愛》一書因對女性心理刻劃入微，引起眾人猜測這位名不見經傳的作者究竟是男是女，而隨著書籍廣受好評，夏綠蒂・勃朗特終於得以脫下偽裝，全心投入寫作，顯露真實身分。

《簡・愛》可說是夏綠蒂・勃朗特的自傳性小說，她將自己的人生境遇投射在女主角簡・愛身上。她曾說：「我要寫的女主角和我一樣貌不驚人、身材矮小，卻和作家們所寫的任何一個女主角一樣，能引起讀者興趣。」

勇於追求幸福的簡・愛

故事中，簡・愛在父母雙亡後由舅母收養，卻飽受欺侮，被關在舅舅過世的「紅屋子」裡，年幼的她因此懼怕不已。沒多久，她被送去「羅沃德寄宿學校」，勢利的校長並未善待孤兒們，幸好有好友海倫（後來死於傷寒）、老師坦帕小姐的陪伴，簡・愛得以成長為獨立自信的女性。

畢業後，簡・愛在「桑費爾德莊園」擔任家庭教師，主人羅徹斯特先生喜怒無常但也滿腹學識，兩人常一塊辯論、分享想法。在那個階級不平等的年代，即便地位懸殊，簡・愛還是勇敢的愛上羅徹斯特，她說：「我的靈魂跟你一樣，在上帝面前我們是平等的。」

羅徹斯特向她求婚後，兩人原應幸福相守，簡・愛卻在婚禮當天發現，羅徹斯特已有一名發了瘋的妻子。傷心的簡・愛在離開的路上暈倒，牧師聖約翰救了她，並幫助她找到教職。

不久，聖約翰希望簡．愛嫁給他，與他前往印度傳教，簡．愛這才明白自己仍愛著羅徹斯特，於是她來到「芬迪恩」的花園，找到在瘋妻燒毀莊園時，為拯救瘋妻而受傷失明的羅徹斯特。兩人終於結婚，有了美滿的結局。

✧每個場景都有象徵意義

許多讀者都為簡．愛的剛毅個性著迷，並且佩服不已。有人形容簡．愛是不依賴魔法和玻璃鞋的「現代版灰姑娘」，雖然長相平庸、地位低下，但她從不否定自己的價值，而是更積極的爭取自由平等，勇敢追求幸福。

夏綠蒂．勃朗特不只是透過鮮明的人物塑造與情節鋪陳，傳達正義平等的訴求，她書寫功夫的細膩，也表現在場景象徵的設計——簡・愛被舅母囚禁在「紅屋子」，紅色充滿了壓迫和憤怒，象徵當時所有孤苦孩童對悲慘命運的無助心情，而這令人感到窒息的空間，就是不公平社會的縮影；「羅沃德寄宿學校」則是另一個地獄，夏綠蒂・勃朗特寫到「死亡是這裡的常客」，不只是傳染病，握有權力的階級（校長）對受苦人們的剝削與虐待，更是夏綠蒂・勃朗特一再強調的社會現象。

接著，簡・愛來到「桑費爾德莊園」，若用英文Thornfield直接翻譯則為「荊棘地」，暗示脫離寄宿學校後，她並不是來到天堂，在追求身分地位的平等上仍需一番「披荊斬棘」，這似乎也象徵了幸福必須靠自己努力爭取，絕非從天而降；最後，簡・愛歷經風波，在「芬迪恩」的花園與羅徹斯特團聚，攜手共度人生。花園洋溢著生命力，就如同不輕易屈服的簡・愛；大自然生生不息，則代表著她和羅徹斯特的美滿家庭，將代代延續下去。對照之前的「荊棘地」，是否有種否極泰來、雨過天青的感覺呢？

◇角色心境與場景環境相呼應

沒想到，容易被大家忽略甚至是以為理所當然的場景，原來藏著豐厚的意涵。這有點像是經常可見的心理測驗，四種場景圖讓你選擇，再一一分析每種場景對應的心理特質；不過，在寫作時，順序是顛倒的，通常會先將人物的「心境」轉化成「環境」，打造一個能和角色心情與訴求互相呼應的場景。

電影也是如此，以動畫片《蝴蝶夢——梁山伯與祝英台》為例，當相戀的兩人因家世背景被拆散，一道高牆隔開彼此，雖看不見對方，兩人仍找到牆上一扇小圓窗，踮腳、伸長手彼此相握——你看出這牆與窗的象徵了嗎？高牆暗示著難以推翻的階級觀念，而窗便是梁山伯與祝英台跨越種種阻隔的心意。

場景不該只是場景，只要多費心構思，它就能發揮最大效益，讓故事更富靈魂及感染力。除了在書本與電影中發掘場景的涵義之外，我們也可以從挑選一個簡單故事，練習為它打造深刻場景——記得，配合角色的心境，那就是最扣人心弦的設計！

重建故事場景

有沒有哪一個故事，劇中情節打動了你，可是其中某個場景卻匆匆帶過，有點可惜呢？讓我們在圖畫紙上「重建」場景，透過一景一物，把角色當下的心情與思考都注入在環境中。你可以再替角色做個紙娃娃，以生動的旁白描述新場景，讓他（們）粉墨登臺！

畫出新場景：

（旁白示範——以《小紅帽》為例）

小紅帽提著點心籃來到森林，茂密的樹叢擋住了陽光，整座森林顯得十分幽深，不知藏了什麼可怕的事物。風一吹來，樹葉沙沙作響，彷彿正提出警告，而歪扭的樹枝有如巨人的魔掌，隨時要伸手把人抓上去！

經典文學 17

社會的雙面鏡——吳敬梓的《儒林外史》

若聽到「這人做事太八股！」這種評論，此人十之八九是個作風守舊的老古板；如果有人發表閱讀感想：「現在老掉牙的八股文，已經沒辦法受到青睞啦！」表示這篇作品內容刻板、結構僵硬，可說是陳腔濫調。

究竟，「八股」、「八股文」是什麼呢？這可要從中國的明、清時代說起，當時有一部精彩的諷刺小說，就是在嘲諷當時僵化腐敗的科舉文人風氣呢！

科舉制度的利與弊

中國自隋唐開始有科舉制度，也就是類似現代的公務員考試，透過考試選拔人才，使其進入官僚體系。這樣的制度原是立意良好，如唐太宗所說：「天下英雄入吾彀（ㄍㄡˋ，比喻勢力範圍）中矣。」即指科舉考試為朝廷網羅更多民間賢者。

換句話說，選官不再以血緣為標準，由貴族階層所獨占，而是藉由科舉考試提供了公平競爭的機會，只要具備實力、才學，都有機會得到官職，為國家盡心力。為人熟知的「十年寒窗無人問，一舉成名天下知」，說的正是科舉制度下，苦讀多時的平民終於考中官職，馬上由沒

沒無聞變為享譽全國的現象的狀態。

科舉制度發展到明、清，題目不僅局限於「四書」、「五經」，作答文體更限定為「八股文」。所謂「股」就是對偶，表示考生必須以對偶句子書寫，並且有嚴格架構與字數限制，還得模仿古人語氣，只能引用「四書」、「五經」中的內容，不可任意揮灑見解。

如此考試方式，使得讀書人的創意完全被抹殺，只知道「死讀書」，一味模仿，有的甚至連「四書」、「五經」都不鑽研，直接背誦八股文的佳作範本。這樣的讀書人就算考取一官半職，也不了解政治和社會的真實狀況，沒有足夠的知識應對與管理。因此，在八股文盛行的年代，科舉考試成為統治者控制思想的手段，使知識分子落入考取功名、追求利祿的圈套。

諷刺喜劇《儒林外史》

原本應該以經世濟民為理想的知識分子變得貪婪、愚昧，醜態百出，這幅景況在清朝的吳敬梓眼中，甚是刺眼、椎心。

吳敬梓出生於科舉世家，曾祖父、祖父、父親都在科舉中有所表現，沒想到，父親過世後，那些號稱書香之流的親族們竟上演奪產戲碼。家道中落的吳敬梓嘗盡人情冷暖，昔日熱絡討好的人們如今流露嫌惡的嘴臉，這些遭遇使他對所謂的「上流社會」產生反思，也發現八股文的膚淺，因此決定掙脫科舉束縛，不求官祿。

吳敬梓來到當時思想風氣較先進的南京後，更能宏觀的洞見知識分子的命運，於是決心投身創作，將科舉制度下，儒者考生們的千姿百態寫成《儒林外史》，企圖揭開社會的腐敗。

《儒林外史》是一部精彩的諷刺小說，雖假托為明朝故事，其實書中兩百多個人物呈現的是清朝康熙、乾隆年間讀書人之形象。但吳敬梓不謾罵、不以怨毒之詞品評，而是用接近喜劇的方式，刻劃人物的心性舉止，藉以點出時弊，用語婉曲詼諧，不抒發個人議論，全由讀者自行解讀。其中，最為人津津樂道的，大概就是〈范進中舉〉的故事。

范進中舉的荒謬故事

窮書生范進自年輕開始投入科舉，二十幾年皆名落孫山，生活得靠岳父胡屠戶接濟。胡屠戶當然很瞧不起這落魄女婿，總是罵他「窮鬼」，認為把女兒嫁給他著實倒楣。

這日，范進想向胡屠戶借旅費參加鄉試，卻被斥喝「癩蝦蟆想吃天鵝肉」，他只好自尋辦法，瞞著岳父考試去了。放榜當天，范進正抱著母雞到市集變賣，當「中舉人」（即鄉試上榜）的消息傳來，范進先是以為鄰居故意挖苦他，不肯相信，直到回家看到報帖，竟因歡喜過度而發了瘋，直往外頭衝去，跌進泥坑、掉了鞋。

一群人找來胡屠戶，要胡屠戶掌范進嘴，讓他清醒過來。平常沒把女婿放在眼裡的胡屠戶，這下可不敢輕易傷了「舉人」，還得借酒壯膽才能動手。等范進醒後，眾人對他又是一番奉承恭維——以前他貧餓時無人搭理，現在大家倒是爭著獻米送蛋，極力巴結。

然而，滿腦子只懂得八股文的范進根本不具真才實學，就算擔任負責教育和考試的官員，卻連宋朝的文學家蘇軾都不知道。母親過世後，他到縣長家吃飯，故作守喪模樣，不使用對方準備的銀杯和象牙筷；可是當主人正考慮配合他守喪，換為素菜時，他卻馬上夾起大蝦圓子大快朵頤。雖然吳敬梓未明言，但發達後的范進裝模作樣的行事風格，無疑是個偽君子啊！

映照出時代好與壞的鏡子

《儒林外史》中，不只有科舉的腐敗，也有值得尊敬的知識分子與市井小民。以杜少卿為例，出身名門的他，雖是一位秀才，卻無心於權貴，即使朝廷聘用，仍裝病不肯做官。當其他讀書人抱著朱熹注釋的《四書》當作唯一寶典，他卻保持思想的自由活潑，不讓自己受限於一書。

杜少卿對趨炎附勢之人不屑一顧，但永遠願意做雪中送炭的人。曾有一名縣長請客，要杜少卿出席，讓場子沾沾文人雅士之光，這種徒具形式的場面，杜少卿當然怒而回絕；後來這位縣長潦倒街頭，杜少卿卻不計過去對縣長的嫌惡，馬上讓他暫住家中。不慕榮利、樂於助人、寧願吃虧也不求回報、喜歡與光明磊落的人士往來，這就是吳敬梓對理想知識分子的期待。

就像吳敬梓名字的發音，他的文字如同一面「鏡子」，《儒林外史》不只帶領讀者看到時代下社會制度的缺陷，引起省思，也提供人物典範，在讀者心中留存美好價值，以此做為追尋與努力的目標。

如果要描述一個社會現象中的正反人物，你會如何刻劃呢？記得，你可以學學吳敬梓，以人物的言語行動、心情態度來展現，而剩下的是非評斷部分，就交給觀照這面鏡子的讀者，讓他透過你的文鏡，對現實有番戒惕吧！

現實雙面鏡

觀察生活中種種現象，人們的行事作風、品格態度有什麼正反兩面的例子呢？以事件為主軸，透過言行，分別刻劃兩者，成為互相對照的鏡子吧！

「主題」可先留白不寫，請你的讀者閱畢正反故事後，寫下他認為這雙面鏡所探討的主題為何。

正

例：早晨尖峰時刻，因下雨導致路面溼滑，發生車禍，路過的一群高中生隨即為被撞倒在地的老人家圍出安全範圍，有的撥打急救專線，有的為老人撐傘，有的以手機記錄車禍現場。上學就快遲到了，沒有人面露不耐，而是輕聲安撫老人，直到救護車出現。

主題：

反

例：夜市裡擠滿人潮，一位身障人士兜售著口香糖，竟遭地痞流氓找麻煩，砸毀了小小的攤子。路過的人們無不低著頭，加快腳步離去，甚至有人說：「這種事少惹為妙，能閃多遠就閃多遠。」滋事分子拿到錢走人後，只剩下滿地狼藉，以及小販的眼淚。

經典文學 18

為自己和時代記錄——《安妮日記》

你曾收過什麼樣的生日禮物呢？渴望已久的玩具、嶄新的文具，還是開啟新視野的書籍？

生日禮物代表對主人翁誕生於世上的慶賀，有時也含蘊著長遠人生的預示，例如

「股神」巴菲特十歲的生日禮物是去參觀西方的金融中心——華爾街，似乎為後來做為世界首屈一指的「投資大師」埋下伏筆。

在一九四二年的荷蘭，十三歲的女孩安妮·法蘭克也收到了她的生日禮物，那是一本再平凡不過的日記簿。沒想到，這本日記簿卻容納了安妮此後人生的酸甜苦辣與夢想，並成為一段重要歷史的文字見證。

德國納粹的反猶浩劫

一切得從安妮生長的年代說起。第一次世界大戰結束後，戰敗的德國為重振國力，希特勒提出爭霸世界的主張。但龐大的資金要從哪兒來？以希特勒為首領的納粹黨，將腦筋動到善於經商的富有猶太人身上，他們鼓吹種族優劣的理論，宣稱猶太人為劣等民族，推動一系列「反猶」、「滅猶」行動。

一九三三年，猶太人不管在就業或生活都飽受限制，而後德國納粹更取消猶太人的國籍，進行大規模驅離，緊接著，可怕的屠殺開始了，

在第二次世界大戰期間，大量猶太人被關進集中營遭到殘忍的對待，數百萬人死於這場屠殺浩劫。

風聲鶴唳之下，身為猶太人的安妮一家不再是德國公民，對生存自然感到惶惶不安。他們決定搬到荷蘭開設公司，展開新生活，但平靜的日子很快就在一九四〇年德軍占領荷蘭後結束了。

被迫躲藏的少女一家

約莫就在那段時間前後，十三歲生日那天，安妮收到爸爸送的日記本，開始記錄日常瑣事、社會氣氛與生活變化。

書寫日記才一個月，納粹對猶太人的迫害愈益嚴重，爸爸決定帶著全家搬到公司的三、四樓，用書櫃擋住入口，形成隱蔽空間，過著躲藏的生活。為了不被追查到行蹤，他們還故意弄亂原本的住家，留下將前往瑞士的字條。此後，密室又住進朋友一家三口與一名牙醫，一夥人靠著幾個值得信賴的員工照顧飲食起居、轉述外界情勢發展，期待能平安迎接和平的到來。

安妮的日記從一九四二年六月十二日為起點、一九四四年八月一日為終點。她在裡面寫到：「我經常心情沮喪，可是從來不絕望。我將我們躲藏在這裡的生活看成一場有趣的探險，充滿危險與浪漫情事，並且將每個艱辛匱乏當成使我日記更豐富的材料。」

對世界與未來充滿好奇的安妮，仍懷抱著夢想，希望進軍好萊塢當演員。這樣的青春歲月，卻得封閉在窄小的空間裡，幸好她的心並未被憂懼所困，依然充滿熱情、機智、感性。藏匿的兩年多，這個女孩慢慢發展自我意識、探討人我之間，成長為少女。

日記裡的絕望與希望

安妮的日記記載納粹對猶太人的不公與迫害，例如凡是公眾場合，猶太人必須配戴星星標示身分，而且不許乘坐公車。「許多猶太朋友成群的被帶走，用載送牲畜的卡車把他們運送到威斯特伯克集中營，我們相信他們大部分將會被殺害。」安妮寫下驚恐的心緒，想著「一些好朋友如今生死操在有史以來最殘忍的怪物手中」，一方面為目前的安全感到幸運，一方面也認為談論著戰後買新衣新鞋的自己是多麼自私。

在這樣不安驚恐的反覆省思下，安妮開始思索戰爭的意義：「我不相信戰爭只是政客和資本家搞出來的，芸芸眾生的罪過和他們一樣大。」細膩的她已發現，戰爭的殘酷並不只源於發號施令的上位者，更包含全體人民的響應和參與。難能可貴的是，安妮始終沒放棄對美善的期待：「世界雖然這樣，我還是相信人在內心裡其實是善良的。」

少女的殞落，不朽的紀錄

日記邁入一九四四年三月，安妮藉由廣播電臺得知荷蘭流亡政府徵求日常文件，希望在戰後公諸大眾，證明荷蘭猶太人在此時期遭逢的苦難。於是安妮開始整理日記手稿，適度修改和擴充，使內容不過於私人，更適合大眾讀者。她在後來的日記裡寫到：「我終於明白我必須做功課，才不會無知；必須好好活下去，當記者，因為這是我的志向！」然而，安妮並沒有等到她的日記發表的那一天。

八月四日早上，警察接獲密報，闖了進來，將他們送至集中營。安妮在集中營裡做足了苦工，極差的衛生環境讓她很快染上疾病，身體愈來愈虛弱，隔年死於斑疹傷寒，結束了十六歲的生命。

那麼，日記呢？當初掩護安妮一家的朋友們，整理了安妮的手稿，在戰後交給倖存的爸爸。歷經幾次版本篩選，《安妮日記》終於發行，引起全世界的注意。美國前總統羅斯福先生的夫人曾說：「這是我讀過所有戰爭及其對人類的影響文章中，最具智慧及最動人的評注之一。」此書在二〇〇九年被聯合國教科文組織列入「歐洲和北美洲世界記憶名錄」，而安妮也被《時代雜誌》選為「二十世紀全世界最具影響力的一百個人」。

小小日記的巨大力量

安妮曾在日記裡寫著：「我希望我死後，仍繼續活著。」她在日記裡細細梳理自己騷動的心情，檢視自己與家人朋友的相處，吐露成長的心聲。雖然生活空間如此狹小，但日記帶給她的心理空間卻是無限大，能盡情揮灑、宣洩，以至於在離開人世後，日記裡的文字仍繼續將安妮的所感所思、將那個年代留下的啟示教訓，繼續向世界放送。

日記是最私密的朋友，傾聽我們所有的祕密，雖然它無法發言，卻能在書寫後，帶來慰藉和被理解的滿足感。你寫過日記嗎？試著挑一件當日最令你有感觸的事件（像是一份甜點、一則新聞），或是觀察到的變化（像是行道樹的生長、舊房舍的拆除），慢慢累積，有朝一日將會成就一部專屬於你的歷史，也很有可能成為某一時代的佐證呢！

○○日記

安妮曾寫下這樣一句話：「我不想和多數人一樣只是隨手寫下一些發生的事，我希望日記本成為我的朋友。」日記不應只是日常生活的流水帳，記錄日復一日的例行事項，快把它當作你推心置腹的夥伴，吐露你的心聲，分享你的所見所聞吧！

你不一定要天天寫，但是每隔兩、三天，整理一下這幾日的心得，再進行回顧，的確可以幫助我們反省過往、計畫未來喔！

○○日記

【時間】　　年／　　月／　　日／星期

【天氣】

【內容】

例：

今天起得特別早，發現早晨五點的鳥兒特別熱情，吱吱喳喳的在窗臺上跳著，彷彿正為新的一天唱著歡迎曲。我聽著聽著，精神也跟著抖擻起來，覺得格外有活力。體會到早起的美好，我以後再也不賴床了，「好的開始是成功的一半」，我要讓每個美麗的早晨時光，為我開啟精彩的一天！

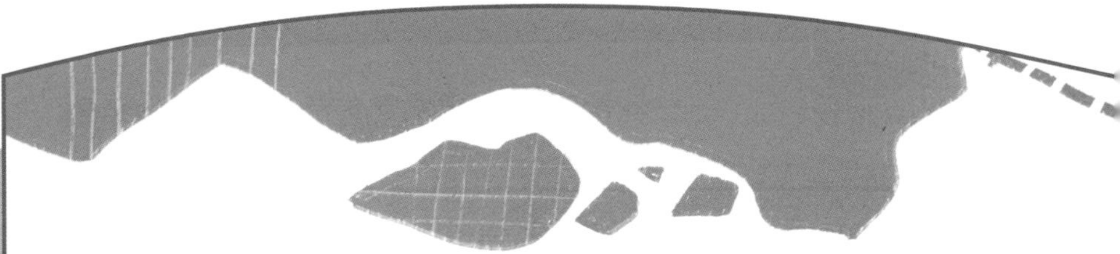

高手區

文字玩家狂想挑戰

難度 ✎✎✎✎

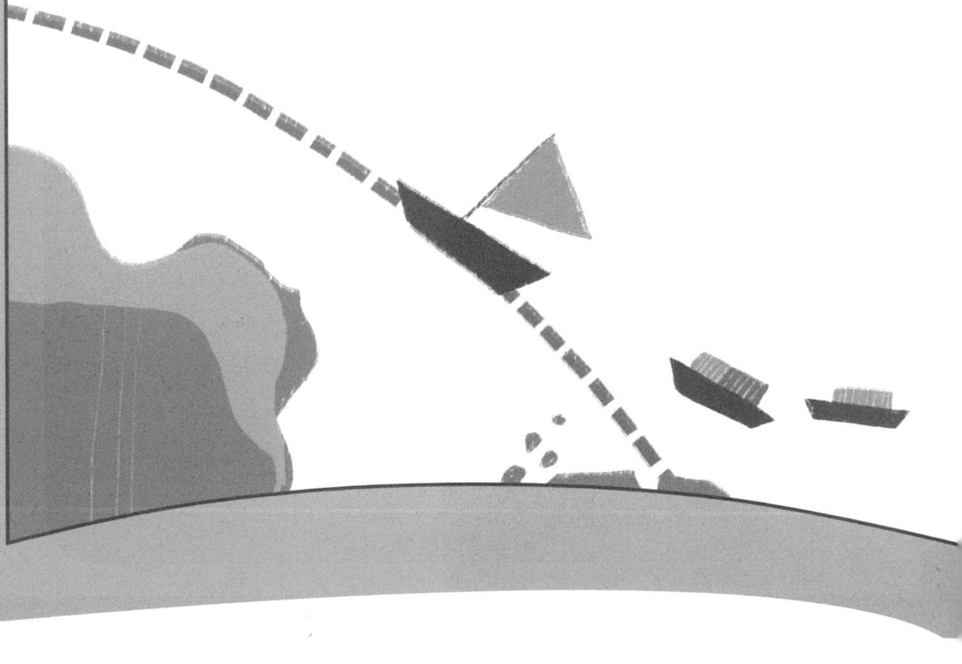

經典文學 19

來自星星的你——不會變大人的《小王子》

你知道紅極一時的韓國連續劇《來自星星的你》嗎？這部描述外星人都敏俊來到地球，生活了四百年，與韓國女演員展開熱戀的浪漫喜劇，在播映之地皆颳起一陣「星際風暴」，觀眾們無不迷戀這帥氣英挺的外星人。

但是，文學世界中有另一位外星人，雖然沒有挺拔的身高、俊美的臉蛋，一樣風靡全球，魅力歷久不衰，他的故事被翻譯成兩百多種語言，累積銷售量超過兩億冊。這本堪稱二十世紀流傳最廣的童話，就是《小王子》。

從飛行生涯汲取創作養分

創造出這位迷人的外星人，寫下這個雋永故事的作者是安瑞・德・聖艾修伯里。除了作家身分之外，他還是個飛行員，當過郵務飛行員，曾加入飛行戰隊，一生皆以駕駛飛機為業。

聖艾修伯里喜歡在執行任務時，一邊反省自我，一邊思考人生哲學，包括孤獨、友誼或自由。這些思索的結晶便成為他寫作的養分，與飛行途中獲得的素材結合在一塊，讓他寫下一部部充滿飛行色彩又飽含哲理的作品。

《小王子》源於一起墜機事件。一九三五年，聖艾修伯里計畫挑

戰從巴黎最快抵達西貢的飛行紀錄，沒想到，卻在撒哈拉沙漠墜機。雖大難不死，他卻面臨脫水危機，在虛弱無助的狀態下出現幻覺，迷失方向，幾天後才被騎著駱駝的當地人所救。之後，聖艾修伯里有段時間旅居紐約，為了擺脫無法飛行的苦悶，他開始提筆創作，將死裡逃生的墜機經驗，化成書中飛行員與小王子相遇的契機……

小王子的星際旅行觀察

小王子來自B—612，那是一顆極小的星球，身為唯一的居民，他特別呵護唯一的一朵玫瑰花，然而玫瑰的驕縱霸道，卻使他感到不快樂，決定展開星際旅行。

在第一顆星球，他遇到號稱自己統治一切的國王，國王認為所有人都不得忤逆他的命令，但可悲的是，只有虛名的他沒有任何子民，更無法對誰下達指令內容，只是享受「發布命令」的權威而已。

之後，他又在另外五顆星球碰到只聽得見讚揚話語的自負男人，對方戴著帽子只為了有人誇獎他時，能夠脫帽致意；天天喝得爛醉的酒鬼，其喝醉竟是為了忘記自己酗酒這件難堪事；忙著數算星星的商人，他以為「擁有」就是把星星的數目寫在紙上，再把紙條收進抽屜裡；因為星球快速自轉，時時刻刻把路燈燃亮、熄滅、再燃亮、再熄滅的點燈人，總是忙個不休；而地理學家埋首鑽研文獻，卻不肯實地探勘，更一點也不了解自己星球的環境。

「大人真奇怪。」這是小王子的喃喃自語，卻也是一句不簡單的心得。妄想權力、自視非凡、逃避問題、追求財富、盲目守規、缺乏實踐，透過小王子的觀察，這些「大人們」的行徑荒唐又真實——彷彿在生活裡也時時可見呢！

就像飛行員在故事一開始提到，他六歲時畫的一號作品，在大人眼中只是一頂帽子罷了，沒有大人看出那是一條蟒蛇，正在消化吃進去的大象，甚至一點也不在意飛行員的解說。所謂的「大人」究竟是什麼呢？按照飛行員的理解是「大人喜歡玩數字遊戲」，大概就是說那些缺乏想像、只在乎表面，不願意花時間了解事情本質的人吧！

用「心」才能看見的事物哲思

曾因擁有一朵宇宙獨一無二的玫瑰花，而感到無比富有的小王子，來到地球時經過玫瑰盛放的花園。上千朵玫瑰令他震驚，他想著：「原來我擁有的只不過是一朵普通的玫瑰罷了。」突如其來的低落感，使他哭了起來。但是接著出現的狐狸，卻改變了他的想法。

狐狸告訴小王子：「要是你馴服我的話，那我的生命就出現陽光了。」馴服就是建立關係，讓彼此因對方而顯得特別，世間萬物也隨之閃耀與眾不同的光彩。但建立關係需要時間與耐心，形成慣例後，那麼平凡無奇的日子將充滿期待，等待彼此時，時間的流逝變成了快樂的增長，這就是馴服的幸福。小王子終於明白「馴服」的真義，也終於懂得B—612星球上的玫瑰，因為自己曾為她投注時間與情感，是全宇宙僅此一朵的，這份特殊無可取代。

有了馴服的快樂，便會有分離的難過。道別之時，狐狸對小王子分享了一則祕密：「唯有用心才能辨識事物的價值，光憑肉眼是看不到事物的精髓的。」這句話成了書中最重要的精神，倘若我們只以外表判斷一切，就會失去很多肉眼無法見到的美好。看著星空的小王子說：「因為有一朵我們看不見的花，星星才顯得如此美麗。」如同尋找井水的過程裡，他們體會到了「沙漠因在不知名的地方藏了一口井而美麗」，用心感受、以情體會，那麼真正的價值就能穿透外殼，從事物的內在迸發而出。

故事最後，小王子在地球已經一年了，他決定回到星球，對彼此馴服的那朵玫瑰負責。然而路途遙遠，軀殼也太沉重了，小王子請毒蛇送他一程。在毒液發作倒下前，他安慰著飛行員：「所有星星都是沉默的。只有你——只有你擁有的星星與眾不同。」彼此馴服的兩人，即便再也無法以肉眼注視對方，但當飛行員看向星空時，所有的星星彷彿都因為小王子在某顆星上微笑，而跟著微笑起來。

✧請記得那如星星般的恆久感動

《小王子》以極詩意的方式書寫死亡，至於聖艾修伯里的死，更像是神祕的詩謎。一九四四年，四十四歲的他於執行空中偵察任務時失蹤，直至二〇〇四年，才在法國南部的海底找到飛機殘骸。雖未找到遺體，但他的肖像印製在法國的鈔票上，有兩顆小行星也分別以他的名字和B—612命名。

不過，就像書裡所說，真正的價值是肉眼看不見的，《小王子》在讀者心中留下的感動才是恆久的，就像宇宙的星星，永遠朝我們發射光亮。聖艾修伯里在前言寫到：「所有的大人都曾經有過小時候，只是記得的人不多了。」啊，千萬別成為那種，只在乎數字和外在的大人噢！

獨一無二的星空

小王子說：「光是用眼睛是看不到什麼東西的，必須要用心來看。」其實，星座圖不也是前人用心觀看星空，將星點相連，才有這麼多有趣、美麗的星星傳說嗎？請在紙上仿造星空，畫個幾點，與朋友交換連出路線，並介紹星際之旅拜訪的各個星球。

一、隨興畫幾個點，畫出星空圖。

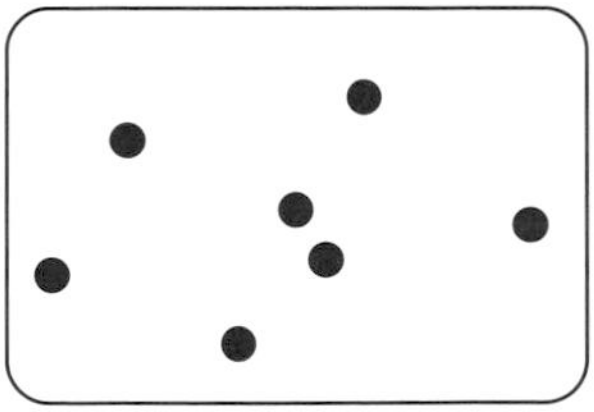

二、交換，連出星際旅行路線。

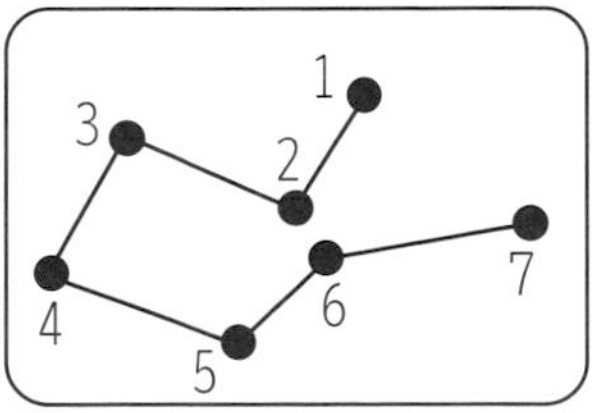

三、介紹星際故事

例：1.牽手星→這顆星球規定，一定要找到牽手的夥伴，合力完成工作。

2.猜謎星→每一句話都是一個謎，居民的溝通，就是不斷猜測答案。

經典文學 20

打造你的競選宣言——《動物農莊》的政治縮影

有一本書，它像《伊索寓言》，藉由發生在動物身上的故事，寄託深刻的省思。曾有學者說，沒有一本書比它更可指出現今人類生活的處境——它就是英國作家喬治．歐威爾的《動物農莊》。

如果你不了解喬治．歐威爾是為了什麼寫作，對你來說，《動物農莊》可能就只是在講述「人與動物」大戰，而且動物居然還戰勝人類，和人類平

起平坐，因此把它看成是「動物反撲之書」。但其實並不是這樣的。

專為底層書寫的漂泊作家

喬治．歐威爾真正的名字是埃里克．亞瑟．布萊爾。一九〇三年，因爸爸於英國殖民地的印度鴉片工廠工作，所以他在印度出生，後來才由媽媽帶回英國。求學時，他飽受富家子弟歧視，在細膩心靈留下深遠影響。長大後，他考上公職，到緬甸當帝國警察，那段日子，他看到權力階級的殘暴及人民生活的悲苦，觸動了良心，便辭去職務，出書揭露這些鮮為人知的殘酷。

自此，他開始四處漂泊，曾待過巴黎和倫敦，並且混在流浪漢與乞丐中到處打零工，體驗社會最窮困、弱勢的生活。之後，他首次以筆

名喬治．歐威爾發表作品《巴黎倫敦落難記》，接著便專為底層民眾書寫，透過他的真誠、善良，指出政治、貧窮帶來的社會問題。

他的筆就像一柄放大鏡，呈現了隱藏於生活中的不公不義；也像一支麥克風，對世界傳播受苦人們的心聲。接下來，就讓我們用全新的眼光，更貼近喬治．歐威爾的心，品讀《動物農莊》吧！

動物們的理想革命

曼諾農莊的主人瓊斯酗酒又暴虐，最受動物尊敬的老豬「老上校」召集大家，聲明動物不應受人類奴役，一生賣力工作、生產，成果讓人類享盡卻仍遭虐待，大家應該起身革命。「老上校」交代完後便過世了，但這番言論在動物心中種下革命的種子，某一天終於成功趕走瓊斯和助陣的人們，將曼諾農莊更名為「動物農莊」。

豬隻裡最聰明的兩位——「雪球」和「拿破崙」，成為這群動物的新領導者，他們根據「老上校」的最後談話，以油漆在牆上刷寫「七誡」，包含「兩條腿（人）是敵人」、「不准殺害同類」、「所有動物一律平等」等規定。此後，「雪球」指引大家分工合作，讓農莊繼續生產、經營。馬匹「拳師」可說是最勤奮的一員，永遠最早開始動工，從不喊累；反倒是「拿破崙」時常偷懶，甚至偷吃存糧。

「雪球」考量電力將帶來更高效益，提出建造風車計畫，沒想到，就在討論風車計畫的會議上，「拿破崙」竟派出凶惡的「狗跟班」，將「雪球」逐出農莊，並宣布以後再也不用開會，他會替大家做出最好的決定。

逐漸變調的動物農莊

為鞏固權力，除了「狗跟班」警衛隊之外，「拿破崙」還靠能言善道的「愛叫豬」，專門幫他自圓其說，說服質疑新政策的動物們。不只如此，還有一群無知的羊，只會附和「拿破崙」的政令，卻從未真正理解那些字詞的意義。

「拿破崙」讓動物們日日為建造風車勞碌，自己卻住進瓊斯的房子，睡在柔軟床上，霸占多數存糧。他一條條違反七誡，包括要母雞們交出雞蛋，和人類交易，卻不願與其他動物分享收入；農莊裡掛起他的畫像，若有違抗命令者一律處死。

動物們分配到的食物愈來愈少，工作反倒愈來愈吃重。一日，人類突擊農莊，炸毀風車；為了重建風車，在突擊中受傷的「拳師」更賣力工作，終於不堪負荷而倒下。動物們原以為「拳師」會受到優渥的退休待遇，沒想到，他卻被「拿破崙」賣給馬肉加工廠。

年復一年，這裡已不再是「動物平等」的農莊，動物們從瓊斯先生房間的窗戶望進去，發現正和客戶打撲克牌的「拿破崙」，那張臉不知為何，竟已分不清是人還是豬了。

歷史獨裁者的故事縮影

故事於此結束，留在讀者心中的是一陣悲哀無奈。這些被奴役的動物就像無權無勢的小老百姓，受統治者控制，為其賣命。儘管當初動物們團結革命，推翻了獨裁者——瓊斯先生，齊心建立美好家園，但有句話說「權力使人腐敗」，「拿破崙」的所作所為說明了一切：當他嘗到掌權的滋味，便不再為大家設想，反而用盡手段替自己謀求福利，後來更變本加厲成為暴君，誰若不從，就是死路一條。

「拿破崙」的行為，有沒有讓你聯想到中外歷史上的殘酷統治者？喬治．歐威爾曾表示，《動物農莊》是為了反對蘇聯的史達林而寫。原本的俄國沙皇尼古拉二世，不聽百姓心聲，糧食不足卻只顧打仗，引發民怨，因此革命派人士發動了革命，沙皇不得不退位。

皇朝被推翻後，人們原以為能在革命派的帶領下，過著平等的日子，沒想到，握有權力的史達林卻變成另一個獨裁者，開始為自己創造神話，以自己的名字為城市命名，更進行了可怕的「大清洗」，凡是意見與他不同之人，皆會被軍警拘捕。當時，共有一百三十萬人被判刑、近六十三萬人死亡，被稱為「大恐怖時期」。如今看來，史達林是否和書中的「拿破崙」極為相似呢？

什麼是好的領導者？

不過，讀者也無需停留在無奈之中，喬治．歐威爾的創作促使我們思考：什麼是好的領導者？

也許要像「老上校」一樣，洞察問題癥結，如醫師一般點出社會生病之處，引領人們思考如何對症下藥；也許得如同「雪球」，提出充滿前瞻性的風車計畫，有創新的膽量，也有審慎的評估。其他還包括熱忱、自信、穩重等，當然，最重要的是，對百姓有同理心，能站在人民的立場思考。

那麼，就讓我們以此為出發點，想像自己將參與新一任農莊領導者的選舉，你會提出哪些政見呢？經過通盤思考後，設計一張競選傳單，當作送給《動物農莊》的祝福吧！

GAME 20 遊戲換你玩

打造競選宣傳單

想想看，你要化身為何種動物，參與「第一屆動物農莊領導者選舉」，並考量整座農莊的福祉，提出政見，說服動物們投你一票——提醒大家，不妨先以「有鑑於⋯⋯」、「為⋯⋯」、「由於⋯⋯」，說明此政見的理由，將更有說服力喔！

第一屆動物農莊領導者選舉

寫上候選人名字（例：狗大哥黑帥帥）

列舉政見

例：一、有鑑於「拿破崙」獨裁統治的恐怖，每種動物可推派一代表，出席會議。

二、為防範人類突襲，設立農莊巡守隊，由所有動物分工，採排班制。

候選人肖像

為動物候選人畫一幅魅力十足的畫像！

候選人簽名：＿＿＿＿＿＿＿＿

經典文學
21

笑裡藏刀——《唐吉訶德》的騎士夢

如果看見生意人不用計算機或電子產品，隨身攜帶著大算盤記帳，你一定會想：「啊，實在太落伍了！」男女平等的時代裡，若有人仍主張女生不可受教育或追求夢想，我們會形容這種觀念「跟不上潮流」。

在西班牙大作家賽萬提斯的作品《唐吉訶德》中，就有一個「褪流行」的老人，對落伍的事物情有獨鍾、滿心嚮往，因而惹了一身麻煩，成為大家眼中的笑柄、禍星。

為騎士小說瘋狂的老貴族

故事主角阿隆索・吉哈諾是一個身材瘦小的老貴族，唯一的嗜好就是讀「騎士小說」，他深深為小說裡騎士行俠仗義的英雄形象著迷，甚至走火入魔，決定身體力行，自封為「唐・吉訶德」（「唐」為西班牙語的「騎士」之意，即為「吉訶德」爵士）。他戴上破爛頭盔，手拿鏽蝕長矛，騎著瘦馬，展開騎士之旅；然而，那是一個騎士制度沒落的時代，這使得陷入瘋狂想像的唐・吉訶德顯得格格不入，非常可笑。

唐・吉訶德說服農人桑丘成為他的侍從，伴他一路「行俠仗義」——他把高聳的風車當作揮舞手臂的邪惡巨人，執意要與巨人來場正面

對決，結果渾身是傷；他將經過的羊群看成各國聯軍，想要以一擋百，拿起長矛網住綿羊，胡亂扎刺，牧羊人情急之下，只好拿彈弓阻止這件荒唐傻事，唐．吉訶德也被打斷肋骨、打掉四顆門牙。

他還誤以為理髮師為了遮雨而頂在頭頂的臉盆是「黃金頭盔」，搶來戴在頭上，感到得意洋洋；在投宿旅館的夜裡，他更把酒罈當作巨人的腦袋，不分青紅皂白一陣亂砍，葡萄酒流了滿地，讓旅館老闆氣得吹鬍子瞪眼睛呢！

唐．吉訶德不顧桑丘的提醒，總是以騎士小說的角色與情節，解讀所遇到的人事物，多次「戰役」使他傷病連連，他的幻想為自己和他人招來許多麻煩，被認為「精神不正常」。

為了說服唐．吉訶德返鄉，一夥人扮成騎士小說中的妖怪，將虛弱的他打進牛車柵籠中，並請理髮師假扮成上帝發言，讓他以為這一切都是為了與心目中的公主相聚的法術，而願意坐在牛車上，被送回家鄉。

歷經種種風波，故事的最後，唐．吉訶德病倒在床上，終於大夢初醒，了解一生受騎士小說所誤，但如今懊悔覺悟卻已太遲。

✧用戲謔搗毀不合時宜的荒謬

為什麼作者賽萬提斯要塑造出這樣一個不可理喻之人，以及一部戲謔滑稽的小說呢？其實，「騎士」曾在歐洲歷史上扮演著舉足輕重的角色，西班牙也曾依靠騎士四處征戰而稱霸歐洲。

騎士在過去是勇敢、忠誠的象徵，是人人敬仰的英雄，「騎士文學」、「騎士小說」就是以騎士精神做為主軸，敘述主角對抗邪惡與不公的故事，在十五、十六世紀的西班牙極為興盛。但漸漸的，「騎士小說」愈來愈氾濫粗糙，情節也變得荒誕離奇，加上騎士制度沒落，英雄化的騎士故事已不合時宜，卻仍有人深陷其中，不可自拔。因此，賽萬提斯決定要寫一部小說，澈底搗毀騎士文學的荒謬。

賽萬提斯不直接抨擊，反而故意模擬騎士小說的架構，藉由塑造出截然不同的人物與情節，讓騎士精神變得可笑，與現實脫軌。他辛辣犀利的筆觸，一邊生動描繪了唐．吉訶德的一舉一動，一邊敲醒了沉湎於騎士榮光的人們。當《唐吉訶德》一書出版後，騎士小說的命運也宣告終結，作家米蘭．昆德拉這麼說道：「賽萬提斯發明了現代小說。」

笑裡藏刀的諷刺力道

在詼諧的背後，給人重重一擊，使人重新思索，這正是「諷刺」的力道。簡而言之，諷刺就是一種「正反顛倒」的表現，也就是故意用反語，表面上表示贊同，實際上卻是貶低與嘲弄。

真正厲害的諷刺，還要在其中注入幽默感，讓它讀起來變得有趣，然後在歡笑中，放出逼人省思的一箭。所以，有人說諷刺是一種「冷酷的幽默」，也可說是「黑色幽默」。一位學者曾這樣解釋：「就好比一個被判刑要上絞架的人，臨刑前指著絞架問：『這玩意兒結實嗎？』」偷偷把對現實的質疑和批評藏進笑料之中，這就是諷刺的威力！

古今中外也有許多精彩的諷刺作品，像是先前介紹過中國清朝長篇小說《儒林外史》裡，〈范進中舉〉便是敘述苦讀多年、屢屢應試失敗的范進，終於考上舉人，卻因狂喜而發瘋，高喊「中了！中了！」滿街飛跑。故事中的對話和舉動無不誇張，反映當時讀書人熱衷功名的形象，呈現科舉制度的腐敗，更透過范進中舉前後，鄰里與親戚的態度轉變，諷刺人情冷暖、世態炎涼。

諷刺的手法不只在書中出現，政治模仿秀裡，刻意放大政治人物的特色或缺陷，搞笑演出政治時事，逗得電視機前的觀眾捧腹大笑，也暗含著對政策和政治人物所作所為的批判。這種以幽默包裝、笑裡藏刀的筆觸，與露骨的抨擊相比，是不是更顯鋒利呢？

諷刺的正向力量

想練習諷刺的筆法，不妨從一則警示廣告開始，例如夏日高溫，總有許多人忽略「水深危險」、「此處禁止戲水」的標語，而發生溺水意外，倘若以詼諧的諷刺語句表述及提醒，或許更可令人在會心一笑之餘，正視戲水的危險性。

廣告的寫法可先從列舉事件的缺點、後果開始，再根據這些條目，換個方向思考，以幽默改編，像是「暗流區戲水，會導致溺水意外」，可改寫為「想搭乘水中漩渦快車，直達閻王府參觀嗎？不需門票，跳進暗流區，列車馬上出發」！

練習久了，也許有一天，你也能如賽萬提斯一樣，寫出一部深留人心、撼動社會的諷刺作品呢！

以宣導「節約用電」的廣告練習：

浪費電的害處	「諷刺」改寫警語
電費飆高	嫌皮夾總是太重，不堪負荷？不要關上電源，昂貴的電費將協助你的荷包瘦身成功。
浪費發電能源	想體驗一片漆黑的神祕與寧靜？竭盡所有的電力吧！停電之日將一圓你的黑暗之夢。
加劇溫室效應	親愛的，就算你繼續耗電，讓全世界的冰山融化，北極熊也無法一路游過來的。

經典文學
22

故事的接龍遊戲——

欲罷不能的《天方夜譚》

你有發現嗎？許多家喻戶曉的故事常被移植到現實生活，三不五時被我們拿來「活用」，例如經常可以聽

到有人感嘆：「真希望有神燈替我實現三個願望啊！」當別人協助達成願望，我們也會如此感謝：「你真是我的神燈精靈！」這是〈阿拉丁與神燈〉最令人嚮往的背景設定，神燈象徵著改變現實、美夢成真的幸福。

而〈阿里巴巴與四十大盜〉這個膾炙人口的故事，也許曾使你對借道而過的朋友開玩笑：「報上通關暗號來！」或許你還曾對著關閉的入口大喊「芝麻開門」呢！

一千零一個夜晚故事

〈阿拉丁與神燈〉和〈阿里巴巴與四十大盜〉這兩則刺激的冒險故事，都出自於一本充滿神祕色彩的經典作品——《天方夜譚》。「天方」是中國古代對伊斯蘭教聖地「麥加」的稱呼，後來泛指阿拉伯；而「譚」字等同於「談」字，即是言論的意思。這「發生在阿拉伯夜裡的談論」，究竟是什麼呢？

相傳在古阿拉伯的薩桑王國，國王被皇后背叛後，從此對女性心存報復。國王每天迎娶一名女子，但只過一夜，隔日便殺掉女子，日日年年累積下來，已有一千多位受害者。

當時，宰相的大女兒為了拯救還未嫁入宮中的女孩，自願嫁給國王。聰明的她，每個晚上都為國王說故事，但總是不講結局；而國王聽故事聽得入迷，為了繼續聽下去，只好一天又一天延後處決她的日期。

源源不絕的故事，一晚比一晚精彩，到了第一千零一個晚上，國王終於因為感動，決定不再做出殺害女子的暴行，並將這些好聽的故事記錄下來，和宰相之女白頭偕老。所以，《天方夜譚》也被譯作《一千零一夜》，這記載了一千零一個夜晚的故事流傳至今，為許多讀者打造一個個神祕、鮮活的想像空間。

來自民間的阿拉伯物語

事實上，《天方夜譚》原是一個個口耳相傳的民間故事，從九世紀至十六世紀，經過漫長的蒐羅才集結成冊，共有兩百六十多則。這些故事都是阿拉伯人生活風貌的縮影、風趣機智的結晶，直到十八世紀，才因戰爭傳入歐洲和亞洲其他國家。

俄國作家高爾基曾讚譽《天方夜譚》為「民間口頭創作中最壯麗的一座紀念碑」，法國作家斯湯達甚至祈禱上帝讓他忘了故事情節，使他得以重讀一次，重新體會書中的樂趣。

書中，除了〈阿拉丁與神燈〉、〈阿里巴巴與四十大盜〉等廣為人知的故事之外，還有一則〈駝背〉也十分有趣。

✧「駝背」奇遇記峰迴路轉

一對裁縫師夫婦在返家路上遇到一個矮小的「駝背」，三人相談甚歡，這對夫妻便邀請他至家中用餐，沒想到，「駝背」居然被魚刺噎到，窒息而死。裁縫師夫婦將「駝背」的屍體抬至醫生家，謊稱有病人要就醫，趁著醫生還沒下樓前便溜之大吉。醫生一不注意，下樓時重重踢了「駝背」一腳，以為自己踢死「駝背」，畏罪之下，便將「駝背」搬至隔壁御廚家的角落。

正巧，御廚家連日都有肉失竊，御廚以為「駝背」就是偷肉賊，遂朝他打了幾拳；當御廚誤會自己打死人，又連忙讓「駝背」靠在街口的店鋪牆角，逃之夭夭。一名商人進店鋪時，發現「駝背」躲在角落，想起昨天被躲在暗處的搶犯打劫錢袋，氣得一陣亂毆；巡邏員警經過一查，這下不得了，商人打死了「駝背」，商人被送上法庭，判了死罪。

隔天，當法官宣布施行絞刑時，從圍觀群眾中擠出一人大聲阻止：「等等！這人是我殺的！」原來是御廚前來解釋自己如何嫁禍商人，於是法官便改判御廚處以絞刑。接下來，醫生、裁縫師也都在行刑之際衝到現場，坦承自己才是殺人凶手。這「連環自首」的消息很快傳入宮中，原來「駝背」是專為國王表演的小丑，國王正派人找他呢！

國王將這群人連同「駝背」的屍體，一起召入宮內，這時國王的理髮匠正好經過，前來一探究竟，隨即竟大笑說：「他可沒死呢！」接著，理髮師把油塗在「駝背」的脖子上，再拿夾子從「駝背」喉嚨中夾出一根魚刺，「駝背」就生龍活虎的爬了起來。之後，這群人都各自得到一件名貴華服，過著舒適快樂的生活。

✧故事的好聽祕密：重複情節

故事說到這裡，你是否感受到情節背後的節奏感？藉由「駝背」這個角色的「死亡」，讓裁縫師夫婦、醫生、御廚、商人一個接一個登場，上演異中有同、同中有異的「推卸責任」劇情；等到法官作出判決，要對商人執行死刑時，故事又像沙漏倒放般，倒轉人物出場順序，一個個輪番出面自首。這種重複的節奏，就像流行歌曲的副歌，總會反覆幾次，一邊帶領讀者累積期待，一邊把故事推到高潮。終於，國王和理髮師這兩個新角色出現，讓故事有了皆大歡喜的結局。

適度的「重複情節」，可讓故事的進行產生節奏感，讓人想跟著打著拍子，繼續讀下去。這就是宰相的女兒讓國王一再延後死期，最後放棄暴行的祕密，也是使故事好聽又好記的原因之一。例如〈傑克與魔豆〉中，傑克也是幾度爬上天空城堡，偷走巨人的寶貝，直到最後一次，豎琴大喊，驚擾睡夢中的巨人，才將故事帶向結尾；若少了重複的情節，讓傑克第一次就偷竊失敗，這故事是否便減少了許多魅力呢？

現在，由你設計一個故事的開頭，邀請幾位朋友一起玩故事接龍吧！試著重複前一位作者的情節，稍加改編，看看故事會如何發展，是不是也上演了一千零一個故事呢？

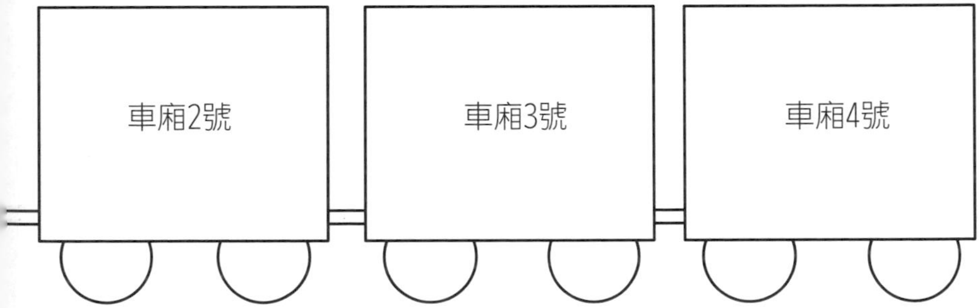
車廂2號
車廂3號
車廂4號

故事的接龍遊戲——故事火車大串連

請你先於火車頭內編寫一則故事的開頭，並邀請朋友一節一節車廂接續下去。你們可試著適度重複某部分情節，讓故事擁有像火車行駛聲一般的節奏感，也可以自行增加車廂！

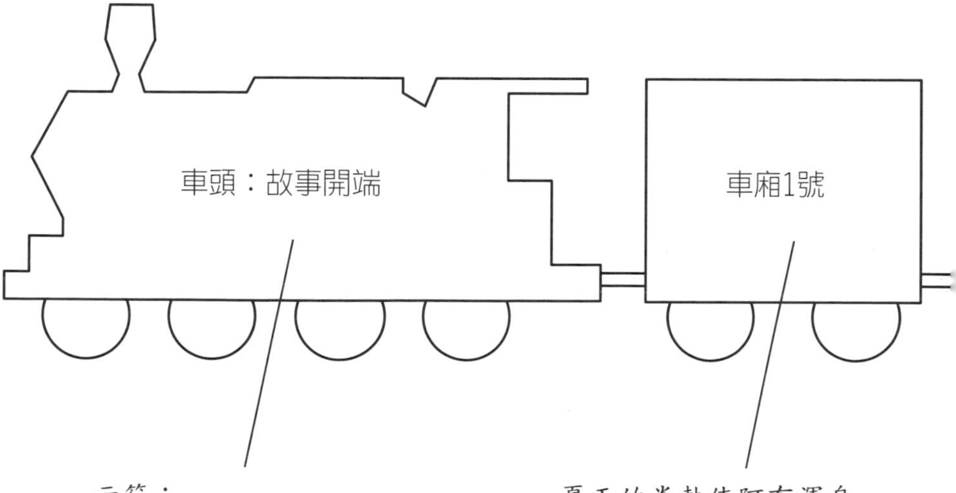

示範：
在一座村莊裡，住著一個對所有事情都不滿足的小男孩阿布。這天他決定離開這座無法滿足他的村子。

夏天的炎熱使阿布渾身大汗，他買了一罐水，覺得不夠解渴退熱，堅持不肯付帳，被老闆教訓一頓。

經典文學 23

新荒島求生記——
絕不能錯過的一場《暴風雨》

還記得二〇一二年倫敦奧運精彩的開幕典禮嗎？豐富多元的聲光劇碼，呈現主辦方英國的歷史脈絡與文化累積，在五十分鐘內虜獲全世界的目光。此開幕表演名為「驚奇之島」（Isles of Wonder），這可不只是表述英國為一座奇

美夢幻的島國，更發想自一部深厚的經典文學——英國大文豪莎士比亞的最終作品《暴風雨》。

撼動全世代的文豪：莎士比亞

有句話這樣形容莎士比亞：「他不屬於一個時代，而是所有世紀。」這位生於十六世紀的手套商人之子，從小就在戲臺下流連忘返，渴望成為劇作家。然而，他的正規教育隨著父親經商失敗，在十多歲時中斷，緊接著，十八歲的他踏入婚姻。

家庭生活並未斷了他的戲劇夢，莎士比亞毅然決然前往倫敦，在劇院當雜役，開啟創作生涯；慢慢的，他也參與戲劇演出，成立劇團，甚至得到王室贊助。他一生傾注心力，共寫下三十七部劇本、一卷十四行詩、兩篇長詩與其他雜詩，這些經典作品穿越幾世紀後，仍撼動著無數

讀者的心靈。

刻劃人性的喜劇與悲劇

莎士比亞遊走於權貴與庶民之間，築夢的歷練使他深刻體會人性，因此無論是市井小民或王公侯爵、君臣父子或戀侶手足，那細微深入的刻劃，如同一面人生之鏡，讓人在喜劇、悲劇中歡笑、流淚，最終獲得領悟。

起初，莎士比亞在英國全盛時期下寫作，樂觀的社會氣氛影響了作品，內容多歌頌美好光明的一面；而後英國面臨朝代交替，混亂蕭條的局勢下，他的創作也轉向悲劇，道出社會黑暗面。《暴風雨》是莎士比亞的最後一部作品，那時王朝更為敗壞，他便將對人類未來的美好想像寄託於故事中，藉由角色和情節凸顯人性與智慧光輝，這部作品也被譽為莎士比亞「詩的遺囑」。

另有一說，指《暴風雨》並非莎士比亞原創的故事，而是改寫一起船艦失蹤的社會事件。當時由英國維吉尼亞公司派往美洲的「海洋冒險號艦隊」之一，因風暴失事，船員被認定全數罹難，沒想到，一年後竟出現兩艘新船載著船員抵達原先的目的地。他們聲稱生還者們在百慕達群島展開新生活，那裡資源豐富，有如世外桃源，充足的木材使其可打造新船，繼續完成航行路線。

《暴風雨》帶來磨練和祝福

無論該事件真實與否，以及是否為莎士比亞故事的雛形，兩者內容確實有些相似。在《暴風雨》中，老公爵普洛斯博羅因醉心於研究，不察弟弟安東尼奧搶奪權位的野心而遭逢陷害，與女兒米蘭達流亡荒島，只剩下魔術書可鑽研。島上住著醜陋的怪物卡利班，牠的媽媽生前曾指揮這裡的精靈，並把不服從的精靈愛麗兒塞入樹縫中。普洛斯博羅運用法術，收服了怪物卡利班，協助精靈愛麗兒脫困，此後兩者都聽其差遣。

普洛斯博羅等待時機，召喚暴風雨，把弟弟安東尼奧和共謀的阿龍藻一行人帶到荒島上。這群惡歹之徒即使受困荒島，仍舊勾心鬥角，而普洛斯博羅藉由磨難教他們自省，使安東尼奧終於為往日惡行懺悔。

心胸寬厚的普洛斯博羅選擇饒恕傷害他的人們：「要是他們已經悔過，我唯一的目的也就到達終點，我不再有任何憤恨。去釋放他們吧！」最後，他恢復了爵位，而女兒米蘭達也因這場暴風雨和阿龍藻的兒子相戀，並且結為連理，大夥一同回到家鄉。

大部分「荒島求生」類型故事裡，上岸的人們隨著暴風雨來到陌生之境，懷著恐懼、慶幸、好奇等複雜心緒摸索未知土地，不只對各種新鮮事物感到驚奇、迷惑，也在「幾乎一無所有」的狀態下，重新面對與檢視自己，種種考驗則激發了潛能。當人們離開荒島，無論是心境或能力，皆已和初來時有所不同，這是暴風雨送來的祝福，也是荒島給予的贈禮。

奇幻的荒島成長故事

就像寫在《暴風雨》約莫一百年後的《魯賓遜漂流記》，主角魯賓遜因海難來到熱帶小島，自己建造屋舍和獵食，每天在木頭上刻下記號數算日子，度過二十八年的漫長歲月。

某個星期五，魯賓遜協助一名土著逃離食人族，並為他取名為「星期五」，此後「星期五」成為魯賓遜最忠實的僕人與朋友，兩人還從食人族手中救出「星期五」的爸爸與一個西班牙人。

不久，來自英國的一艘船因水手叛亂，船長被拋棄在荒島上，魯賓遜幫忙奪回船隻，並給水手們最好的懲罰——把他們留在荒島，而魯賓遜和其他人則一塊搭船回到英國。

如果你看過動畫電影《馬達加斯加》，一定很快也能聯想到第一集的劇情——一群動物園明星們過慣受人豢養的生活，早就不知何謂「大自然」，在陰錯陽差下，漂流到馬達加斯加島，遇到當地「土著」狐猴，發生許多精彩妙事。

在此熱門動畫影片中，也能清楚看見「荒島求生」的故事架構：主角（們）因故上岸、觀察環境、努力求生、發現新資源與人物、奇特遭遇、離開契機、告別荒島。當然，更重要的是角色的心理變化，使這一連串遭遇正如一場奇幻的成長之夢。

隨想像力漂流到驚奇之島吧！

在倫敦奧運的開幕式與閉幕式上，扮演推動英國建設發展的工程師伊桑巴德．金德姆．布魯內爾，以及第二次世界大戰時任英國首相邱吉爾的兩位演員，皆朗誦了《暴風雨》裡怪物卡利班曾說過的一段話：「不要怕，這島上充滿各種聲音和悅耳樂曲，使人聽了愉快，不會傷害人。有時成千的叮叮咚咚樂器，在我耳邊鳴響；有時在我酣睡醒來的時候，聽見了那種歌聲，又使我沉沉睡去。那時在夢中的雲端便好像開了門，無數珍寶要向我傾倒下來；當我醒來之後，我簡直哭了起來，希望重新做一遍這樣的夢。」

來吧！一起隨著想像的風暴，漂流到「驚奇之島」，展開一場荒島求生記吧！

GAME 23 遊戲換你玩

荒島求生記故事設計

看完精彩的荒島小說，快動手設計一個荒島求生的故事吧！在編寫情節前，要記得先設定角色喔！登島前，主角原本是什麼樣的人？而告別荒島後，又有什麼改變和體悟呢？

①因故上岸

示範：運送醫療用品的船在暴風雨中翻覆，何瑪和零星的醫療用品被沖上小島。

②觀察環境

示範：島上不時傳來動物的聲響，卻看不見牠們的躲藏之處，令何瑪更加緊張。

③努力求生

示範：他用僅剩的藥品治療傷口，並製作陷阱抓動物為食，累了就睡在樹洞裡。

角色設定

名字、身分與個性說明

示範：何瑪是執業多年的醫生，已對生活麻木，每天看病只是例行公事。

④新資源與人物

示範：何瑪發現許多新藥草，他細心採集、記錄，找回當初學醫的熱忱。

⑤奇特遭遇

示範：某天，一艘載滿傷兵的船停靠小島，雖然語言不通，何瑪仍細心醫治。

⑥離開契機、告別荒島

示範：士兵修好無線電而得到救援，何瑪決定此後要四處行醫，幫助更多人。

經典文學
24

獨一無二的專屬旅程——
《環遊世界八十天》最新桌上版

「環遊世界」是許多人的夢想，有人在各國當打工背包客，有人在退休後帶著積蓄遊歷各國。「秀才不出門，能知天下事。」在現代，除了交通工具之外，打開電腦、電視，一幕幕世界美景便展現眼前，甚至只要走一趟美食街，一道道異國料理也能讓現場變成迷你聯合國。

還有另一種環遊世界的方法——閱讀，和作者一起搭上想像力的飛機，遨遊他方，體會一地的文化與風情，每讀一本

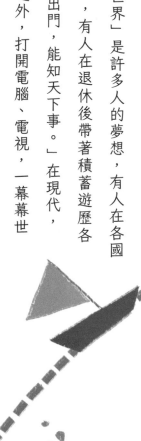

書，就像是拜訪一個國家。而有這樣的一本書，當你翻開書頁，一趟精彩、奇險的環遊世界之旅就此展開，它正是《環遊世界八十天》。

勤查資料的冒險小說家

《環遊世界八十天》是法國作家儒勒．凡爾納的作品。一八二八年出生的他，自小就嚮往冒險，十一歲時還嘗試偷偷搭船出海，可惜還未出發就被父親逮個正著，他只好被迫發誓：「從此以後只躺在床上幻想旅行。」不過，這可沒有阻擋儒勒．凡爾納繼續編織他的冒險大計——只不過，他的冒險版圖轉移到字裡行間去了！

為了讓故事更逼真，儒勒．凡爾納特地到圖書館查詢地理、工程、太空資料，這使得他的每一部小說，例如《地心歷險記》、《海底兩萬里》等都膾炙人口，甚至還被拍成電影呢！

儒勒．凡爾納堪稱是「科幻小說」的鼻祖，帶領讀者在已知和未知世界遊覽；更有人形容他是一位預言家，因為很多曾出現在書裡的想像，如今都有極為雷同的實物，像飛行器、潛水艇等。其實，這都是他為了寫作下足功夫，翻閱了無數筆資料，才擁有豐富知識的緣故啊！

環遊世界八十天大挑戰

為了寫作，蒐集材料是不可或缺的前置作業，更遑論是寫一本環遊世界的大作，勢必會探及多個國家和多種文化！《環遊世界八十天》的故事，發生在沒有飛機的年代，英國富人霍格因為和人打賭，而開始了在八十天內環遊地球的挑戰。

當他帶著家僕「萬事通」上路時，卻遭刑警斐克懷疑是銀行大盜，沿途追緝他們。機智的霍格一路化解難題，行經印度、香港、日本，抵達美洲，又再回到英國。他原本以為已經超出時限，沒想到，因為地球自轉的時差，反倒提早一日抵達，成功贏得賭局。

書中故事發生在一八七〇年代，主角在各國的所見所聞，可不能時間錯亂、顛倒年分。儒勒．凡爾納正確掌握了當時這些國家發展的脈絡、國與國之間的關係，才能如此連貫一氣，在歷險故事中，勾勒出世界的模樣。

以真實世界為故事背景

儒勒．凡爾納明明是法國人，為什麼要安排主角是個英國人呢？這是有道理的。十九世紀可說是英國的世紀，其不僅在海上奪得霸權，工業突飛猛進，政治制度也有先進的改革。兵強國盛下，全世界當時有四分之一的土地，都是英國的殖民地，包括霍格一群人經過的印度、新加坡、香港和美國等。由於一天二十四小時內，陽光都照射在散布各處的英國領土上，因此英國又號稱「日不落國」。這樣一想，作者把主角霍格設定為英國人就不令人意外了。

旅程中，他們在印度騎大象，遇到婆羅門的僧侶隊伍，這些都是印度的風俗傳統。在印度，大象是神聖的動物，而婆羅門則是「種姓制度」中的最高階級（祭司僧侶），其次依序是剎帝利（貴族）、吠舍（勞動者）、首陀羅（奴隸），位階最低者為賤民（罪犯）。階級由父傳子，不可改變；不同階層不可同桌吃飯、結婚，賤民走在路上，甚至還要敲打物品發出聲音，提醒上等階級的人避開他。幸好，印度這種不公平的制度已不復存在。

在印度發生最刺激之事，莫過於「萬事通」扮鬼，協助霍格救了一位本要被殉葬的寡婦。雖然現在已修法禁止，但在以前，丈夫若先去世，妻子會被認為是不祥之人，而被迫陪著入葬，多可怕啊！

✧政經文史皆有所本

作者讓書中角色們在印度發生這麼多事情，其實也有道理可循喔！自一六〇〇年起，英國就派「東印度公司」到印度展開貿易，看起來是商業活動，實際卻是侵略的開端。英國把印度的糧食和工業原料運回自己國家，侵占農民土地，強迫種植鴉片；印度雖曾抗爭，仍無奈成為英國的殖民地。英國有一句話是這樣說的：「我們失去所有領地仍可生存，但失去印度，太陽則會殞落。」可見對於英國來說，印度這塊殖民地帶來多麼豐厚的財富和資源啊！

接著，霍格搭船來到香港，「萬事通」還在這裡抽鴉片——雖只是短短的情節，卻與英國、印度的歷史息息相關。英國一直以來都非常喜歡中國的茶葉，大量進口下，讓中國賺了不少錢，於是英國決定把在印度種植的鴉片運到中國，大賺中國人的錢。

中國百姓一抽鴉片就上癮，根本無法戒除，年年有高達四萬箱鴉片輸入中國。當時，清朝道光皇帝看到鴉片使人迷茫，無法正常工作，便派林則徐到廣州查禁鴉片，因而引發兩國衝突。

英國派遣先進的軍艦、槍砲攻擊，發動鴉片戰爭；中國只有落後的刀、弓、砲，根本無法抵抗，最後戰敗，把香港割讓給英國，直到一九九七年才歸還中國。

現今世界縮影又是什麼模樣？

此外，儒勒．凡爾納也寫出當時美國向西部拓展，以武力強硬要求印第安人遷出，而和印第安原住民發生衝突，甚至開戰的歷史。

在一本書裡，竟有著一八七〇年代世界的縮影，讓讀者不只認識各國民情，也了解國與國之間互相影響的脈絡，真的就像是「地球村」一樣呢！

你也想編織一趟屬於自己的「環遊世界之旅」嗎？不妨先查查新聞、翻翻書報，關注國際大事，了解各國文化，以及目前正發生哪些大事，在還沒寫下完整故事之前，把這些資料做成一份「桌上遊戲——環遊世界大富翁」，一定也有另一種旅遊滋味喔！